这孤独世界，幸好有你

孙子涵 作品

文化发展出版社
Cultural Development Press

自序：把我的故事讲给你们听

记得很早的时候有一位媒体老师采访时问我："你的歌曲里能听出一个故事，而你在音乐当中一直在表达着这个故事，或许是纪念着一个人。但你本人看起来很阳光，很幸福。很难想象为什么你的歌曲中有这个年纪不该有的忧郁。"

后来微博里也有很多歌迷有这样的疑问，其实问这个问题的人越多，我就越开心。没错，这也是我一直想要讲给你们听的故事——这些我在音乐当中欲言又止、若隐若现的故事。我也只是在发行第一张唱片，在接受采访时提到过一些写在歌里的故事。到了后来渐渐地对于出道以前的事情很少提起，即使被问到了也只是尽量绕过话题。不是我不愿意，而是想表达的太多。我希望大家听到那些故事的时候是感动的，是温暖的。但是简短的访谈不够把我的故事诠释得完整，于是宁可不说。

“你把你的故事写成小说吧。”第一次听到经纪人说这句话的时候，我的表情是错愕的。心想：“天哪，疯了吗，你觉得我能写出一本书来？”没等我说出口，他接着说：“你真的不想给歌迷一个诠释吗，那些关于歌曲背后的意义？”他戳中了我的痛点。每次看到那些可爱的人，在台下拼命为我尖叫，我多希望让他们了解我更多一些，不只是那个在舞台上的孙子涵，那只是我的一部分，我想让他们真的走进我的人生，这样，或许我们的心才能更紧密地相连。我没再多推辞，我的回答是“我愿意，给我时间”。

我永远相信一件事情，人与人之间的互相吸引是有原因的，不存在没有理由的喜欢。我们一定是有很相似的地方，才会互相吸引。后来当近距离地去接触自己的歌迷的时候，我才发现他们之中有很多人，在生活中遭遇着不幸。有经受父母离异的，有身患绝症的，也有在学校里不被喜欢的，才明白他们原来和我一样——都在青春里承受着这个年纪无法承受的焦灼和孤独。这些可爱又善良的孩子，他们把希望寄托在我身上，他们希望我火，希望我站上更大的舞台，看到我越来越好，能看出他们比谁都骄傲，就像我当初看着台上的周杰伦拿奖的时候，心中是无比的感动和自豪。这是一种十分迷人的生命连带感，也是我为什么想做艺人的原因——这种力量让我们在这个孤独的世界上可以拥有彼此。

很希望我能给你们足够的陪伴感，陪着你们一直前行。即使我们有可能一辈子都见不到，也希望你可以了解我的一切。通过这个故事，相信我们并不是孤单的。我不只是一个在聚光灯下光鲜亮丽的“小鲜肉”，而是和你们一样，有血有肉。

现在，我把我的故事和你们一起分享。

青春是场异彩纷呈的旅行，有欢声笑语，也有孤独彷徨，走过的是岁月，路过的是迷茫。向前，是希望极光；回首，是悠长深巷，带着梦想继续风雨兼程，那又何妨。

每个人心中都有一道隐形的彩虹，让彩虹出现，需要的不是雨和哭泣，而是你心里的阳光。

那只鹿就在我的视线尽头，侧身回头、一动不动地注视着路尽头的我。

我们终将要远行，终将要和青春时的自己告别。也许路途有点艰辛、有点孤独，但熬过了这些痛苦，我们才会真正长大。

每一天清晨，都是一个新的开始，不管深夜如何痛哭。我们总会迎来初升的太阳；不管昨天如何沮丧，我们总会拥有今天的希望。世界因有万物，才生机勃勃；人生因有梦想，而充满力量！

时光并不会偏袒任何一个人，它也许会磨灭你的一切美好，但只要我们勇敢做自己，不放弃坚持，岁月终将会实现你想要的。

一个人的成长

要经历多少磨难

承受多少痛苦

付出多少代价

才可以变得勇敢

前　言

“我们还是分手吧！”

我猛回头，手已被抛在了半空中，“你说什么？”我看到她那张极为平静的脸，平静得那么可怕，路灯的光映在她的脸上，她的脸色如一张苍白的纸。

可我平静不下来：“为什么？天恩，这到底是为什么？我们刚刚还不是好好的吗？”

“我们一开始就是个错误。”天恩的平静有点让人恼火，这也算分手的理由？

“错误？”我大笑一声，“我为了你考进这所学校，不就是为了跟你在一起？你生气我忍着，你无理取闹我也让着。我去打黑拳赚钱，就是想买钢琴给你唱歌听！你说我做的这些到底是为了什么？”此刻我内心彻底崩溃了，这一切努力原来都是一场空。

她的每个字都狠狠地打在我的心上，一阵风吹来，虽然是初夏，但我却寒冷无比，一个人傻呆呆地望着天空，不让眼泪流下来。心痛得喘不过气来，站不住了，坐倒在地上，然后看着地面一滴滴地湿润，一记重拳打在地上，手在淌血。

别人的爱情故事可能就这么开始了，而对于我来说，就这么看着爱情一步又一步地走远了。这是我最后一次那么近距离凝望着天恩的背影，却是看着她走远，那就像是每个少年的青春一般，总有一天就这么再也不见了……

那只鹿就在我的视线尽头，侧身回头、一动不动地注视着路尽头的我—— 一个还不知道缘由就这么轻易被爱情抛弃的十七岁男生，一个老师眼中永远扶不上墙的烂泥一般的野孩子，一个对这个世界还没有任何要求的迷惘少年。

青鹿已经不像童年我第一次看见它时那么脆弱了，它已经长成一只成年鹿，鹿角如茂盛的树枝，盘错在头上，标志着它的成熟，但我却看到了它眼中关于成长的迷惑。青鹿定睛望向我的方向，停留了仅仅一秒钟时间，它低下头，寻找着什么，然后掉头走开，消失在迷蒙的晨雾中。

我打了个寒战。

后来，我走到那个再熟悉不过却又久违得有点陌生的门前，摁下了门铃——三年前这个几乎成了“我的家”的她的家，已经三年没有再进过这个门，那把属于我的钥匙也早已归还，就像割下来的一块心头肉般，内心无比疼痛，这感觉你知道吗？你说你知道，但其实那种疼只有我自己知道，是用刀割还不见血只看见伤口的疼。

开门的阿姨我并不认识："你找谁？"

"请问，韩天恩在吗？"是青鹿让迟疑的我不知道现在到底是现实还是梦境。

"这里没这个人。"门内的阿姨很疑惑地说。

"那蒋玉环蒋阿姨在吗？韩叔也不在吗？"我不相信，不相信。

"哦，你找他们家啊！老韩一家都移民了，全家去了美国。"这个答案并不是我想要的。

"那你有他们的电话吗？我想要找到他们。"

"没有，他们走的时候很匆忙就把房子卖给我了，很便宜……"

我回来得真的太晚了，真不该。我有太多话要对她说，对他们说，可他们到底在哪里啊？我想找到她，找到他们，对他们说，对这个世界说，我有太多话要说，可又能对谁去说？

一个人的成长，到底要多少人付出代价？

恍惚间，我看见青鹿从迷蒙的晨雾中冲出来，飞快地横跨越过林间小路，一辆 SUV 飞驰而过，青鹿回头站定在原地，一束阳光从云层中透出来，直射在青鹿的身上。

脸上有点凉，我的两行眼泪流了下来。

当你选择走不一样的路，你就要欣赏和别人不一样的风景。路再远，光再暗，也不要停止前进的脚步。

当生命之舟面对激流、面对险滩，如果我们选择逃避和放弃，这样会使我们变得越来越怯弱，人生中无限的乐趣都在于对成长的挑战之中迸出不衰的光芒。

Chapter 3
内心足够强大，才能一往无前

Chapter 4
只要坚持，你想要的一切终会实现

Chapter 5
有些路，走下去才会知道有多美

Chapter 6
谁也无法取代，世界唯一的你

Chapter 1

无论走多远，
别忘记最初的自己

▼

生与死的擦肩

错的时间，错的地点，错的那些人，或许我不该在这个时间来到世界上。

有细微的光亮，我似乎看到一个老人的灵魂从身边匆匆而过，但他可能忽视了我的存在。一道光从身后射过来，我听到嘈杂的声音，还有女人在痛苦地大喊。我回过头去，一道带着血色刺眼的光，然后我看到了这个世界，透明的血色之中，又有一大片简单的白色。

凌晨三点，大连市市立医院急诊室，十几个人簇拥在门口，有大人，有孩子，他们焦急地等待着。

这时“抢救中”的灯突然灭了。

“孙栋梁，男孩。”产房护士出来报喜。

年届四十的孙栋梁表情复杂：“那大人呢？”——是的，这一脸复杂表情的中年男人就是我的爸爸，孙栋梁。

“母子平安。”护士随手关了产房门。爸爸脸上有惊喜却不敢表露，随即看看不远处他年迈的老母亲，她脸上的表情并不明确，只是一直很焦急地等着。这是和我有血缘关系的奶奶，但对于我来说，她只是我爸爸的母亲而已。

五分钟后，邻近的急诊室医生和一名护士走出来，“谁是病人家属？”

“我是，他是我的父亲。”爸爸一脸复杂的表情。

“节哀吧！老人还是没挺过去。”

众人的哭喊声乱成一片。爸爸腿一软，靠着墙坐在地上，望向不远处奶奶的脸，奶奶默默地流下了两行泪，闭上了眼睛。没错，就是我来到这世上的那一天，我的爷爷离开了这个世界。爸爸，我是不是不该在这个时间来这个世界呢？

“您就不看看您这个大孙子？”满月后，爸爸一个人抱着还在襁褓中的我走进奶奶的家门。

奶奶半靠在床上，半天都没说一句话。

“孩子还没名字，您给取个名字吧。”爸爸看着怀里的我，脸上露出疼惜的笑容。

奶奶捂着心口说：“你让我心寒你知道吗？这孩子我不想见，如果他不来，你爸走不了。”

爸爸极度无奈：“妈您别这么说，素茹本来就难产，生下这孩子也怪不容易的。再说，我爸的病也拖了这么多年了……”

“我那么多孙子孙女也不差他这一个。你带着他走吧，我看到你们就想到你爸，我不想再看见你们。你赶紧带他走吧，真是个扫把星。”奶奶终于睁开眼，但却撂下了这么一句狠话。

爸爸按照奶奶的话给我取了名字，我在“子”字辈上，爸爸又怕亏了我，把“寒”字改成了“涵”，最后叫我“子涵”。这些事情，我本来并不知晓，后来长大了，还是同父异母的姐姐子诺告诉我的。

我小小的身躯被包裹在一张小棉被里，躺在一张并不太宽且破旧的双人木床上，睁着双大眼睛，我想要看穿这世界的一切。小时候的我并不是个爱哭闹的小孩，是那么努力而倔强地看着这个世界。我不知道大人之间的复杂情感，大人也不在乎我到底知不知道。爸爸从奶奶家回来之后，一直闷闷不乐，每当看着我都一筹莫展，也几乎再没有给过我一个温暖的拥抱，更别说一个吻。妈妈也因此一直默默垂泪，直到再也流不出一滴眼泪。当我开始蹒跚学步的时候，爸妈就为了生计而急迫回到工厂上班了。

爸爸是厂里的科研人员，他原本是大连理工大学的高才生，被分配到机电工厂时带着一个重要的科研项目，虽然一直被厂领导重视，但却一直得不到资金上的支持，生性内向的他也从不主动争取，只是默默承受着一切，连家里的小房子也是单身宿舍改的，他都默默承受着。妈妈当时是个二十出头的小技术员，她嫁给离过一次婚的爸爸，别人都觉得她有些委屈，但妈妈却觉得爸爸是她一辈子的依靠，却没想到他有个那么不可一世的老母亲，但也只好这么委屈着，从不多一言一语。

“素茹，我的科研项目有进展了，厂里要派我到意大利去做研发。”半年后的一天，爸爸迫不及待地告诉妈妈这个不知道是好还是坏的消息。

妈妈的眼中闪着泪光，却并没有流下来，“那你要去多久？”

“你赶紧收拾行李，厂领导说了，可以让我带着家属过去。具体时间要看项目研发的效果，估计要待上几年。”爸爸已经急切地想离开这个让他太过压抑和憋屈的地方了，于是开始翻箱倒柜地收拾各种资料。

“人生地不熟的，我去能做什么？”妈妈喃喃自语，抱起了小小的我，我的小瘦脸上露出了无邪的笑容，眼睛睁得大大的，应该是一副很期待的样子。

我那时候还不会说话，爸妈很少和我过多亲昵，甚至讲过多的话，我一开始还以为这个世界就应该是这样的平静。但那天晚上，爸妈讲了一夜的话，但我并不知道那些话到底是什么意思。

后来，很多小朋友都特别羡慕我，羡慕我不到一岁就坐过飞机了。但这对于我来说，并不是多愉快的经历。后来爸爸告诉我，我把出生以来所有该闹的全在飞机上闹了，该哭的也都哭了，嗓子哑了，还把前一天吃的奶全吐了，渡过了我第一次的“生死劫难”。但你知道吗，过了这道关，我就进入了一个天堂。

爸妈刚在意大利一个不知名的小镇上落下脚，就开始了极度忙碌的工作，我几乎每天都见不到他们。童年的记忆，我没有爸妈年轻时候的样子，却记住了那一段令我最开心的意大利阳光灿烂的日子。

那是一个很特别的小镇，镇上除了当地人，还有很多可能是移民也可能是偷渡而来的各种人，小镇上的人都无条件地接纳了他们的到来。大家都过着并不富裕的生活，却每天都很快乐。

两岁的我学会了走路，跟着各种大小孩子漫山遍野地疯跑。小镇边上有个不高的小山丘，大孩子拉着或扛着小小的我到处疯跑，我的小肚子被他们的肩硌得生疼，但总是被硌得大笑不止。爸妈在家的时间很少，我都是和野孩子们一起“野”大的。我开始说话的时候，都是跟着他们学说意大利语，在家里也只会简单地叫一声“papa，mama”，爸妈听到只会无奈地摇头。肚子饿了，大孩子就带我回他们家胡乱吃一通，最好吃的就是当地人做的意大利薄饼，后来我再也没吃过那么好吃的意大利薄饼，虽然记得它们的样子并不是很好看。

我记得，小镇上的很多人总是戴着高高挺挺的礼帽，帽子下面的两鬓梳着弯弯曲曲的小辫，然后一身黑色的大袍子，一开始我不敢靠近他们，但他们总是给我糖吃，他们都很喜欢我。那时候，我反倒觉得他们才是我最亲近的人。

小镇的天气总是雾气蒙蒙的，冬天很冷，夏天也不是很热，但是阳光暖洋洋的，有一种特别的安全感。

小山丘下面有一片小树林，秋天会落下来很多大叶子，厚厚地积了一层，踩上去沙沙作响，我喜欢躺在上面，那感觉真的比家里的床还舒服。

有一个印度小朋友和我的关系特别好，要不是因为《少年派的奇幻漂流》，我都差点忘了他，他也有少年派一样的深眼窝、大眼睛，皮肤黑黑的，和我也是有一拼。有一天，我们在小树林里玩，我俩玩着玩着就躺在地上的树叶堆上睡着了……

上苍的恩赐

那是我有生以来第一次见到它，或许它就是上苍送给我可以陪伴我一生的恩赐。

阳光透过云层，暖暖地照在熟睡着的我和印度小伙伴的身上，我们睡得特别香。

突然有一个脚步声，慢慢地、缓缓地、由远及近地传来。

我感觉脸上的阳光被一个小小的身影遮住了，我睁开了蒙眬的睡眼，印度小伙伴依然熟睡着。我翻了个身，脸撞到了一个毛茸茸的东西。

我就那么傻傻地看着它，它离我是那么近，几乎碰到了我的脸，我都能感觉到它嘴里喘着气，一股夹杂着液体的潮湿空气扑面而来。它和我一样，显然是被吓到了，我和它就这样对视了几秒钟，在它的眼睛里，我看到了小小的自己。

是鹿，一只瘦弱幼小的青色小鹿，就像是上天赐予我的礼物般，它灵动、圣洁，在我模糊的记忆里，那是一幅极其美好的画面，让人不舍得碰一下，或许一碰就碎了。

青鹿的眼神缓和下来,微微地离我远了一些。我看清了它的轮廓，那时候我还不知道什么叫作害怕,看见它毛茸茸的,好想上前摸摸它。我伸出手,但它却躲开了,又离我远了一点点,但并没有跑掉的意思。我慢慢站起来，一下子抱住了它的脖子，那一瞬间，我觉得好温暖、好舒服，内心有股抑制不住的激动，它突然挣扎着逃开我的怀抱，飞奔着跑开了，但在几十步远的距离，它停了下来，回头注视着我，就那么几秒钟，我的身体似乎飘了起来。然后，它飞奔而去，消失在迷雾漫布的丛林中。

在青鹿消失的瞬间，我的身体跌在地上，惊醒了印度小伙伴。小伙伴坐起来，摇晃着我，看着我傻笑，我赶紧站起来，踉踉跄跄地追了出去。小伙伴大喊着也跟着追了过去。

爸妈不在的时候,我就在邻居家过。邻居家有个白头发的老奶奶,她让我叫她“芭娜”,她脸上刻着深深的皱纹,却总是对我笑呵呵的。我从没见过她的家人,她好像对爸妈说过,她的老伴早就去世了,儿女们都不在身边,但她就是喜欢待在这个宁静而温暖的小镇上。

白天,我就乖乖地坐在芭娜奶奶的小院子里,小餐桌上有芭娜给我做的香喷喷的玉米汤和烤地瓜,我每次都傻傻地吃得满脸都是,芭娜用围裙把我的小脸一点点擦干净,擦完还笑着摸摸,拢过去再亲一下,然后就去做自己的农活,还时常与我说几句话,当然她说的都是意大利乡下口音,我有时还会回上一两句。

爸说过我有个奶奶,我那时候还没见过她。但我一直觉得,奶奶应该就是芭娜这个样子,会给我做好吃的,抱我,亲我,还教我说话。

有了芭娜奶奶,爸妈很放心,几乎整天待在小镇的工厂里不回家,他们在我的印象中几乎就是两个符号,有手有脚但没有五官,甚至连面部轮廓都开始变得模糊。那时候想到他们,就是戴着高帽梳着弯曲小辫的当地人模样。但就算现在,我闭上眼睛,都会浮现出芭娜奶奶那总是堆着笑容、和蔼可亲的“核桃脸”。

“奶奶,你真好。”我搂着芭娜的脖子说。我更喜欢叫芭娜奶奶,直接省略她的名字。

“叫芭娜。”芭娜奶奶特别喜欢我,也乐意和我做伴。

“奶奶。”

“叫芭娜。”

“芭娜奶奶。”

“叫芭娜。”

“奶奶。”

我们这一老一小总是没事就咯咯地傻笑着。

流浪的乐手

那年，我五岁。

见到他的时候，孩子们都被吓到了，我却是第一个跑过去和他说话的小孩。

他从山丘那边走过来的时候，好像一堵墙一般，他个子高高的，却有点驼背，他的样子很邋遢，满脸大胡子，头发又长又乱，身上的衣服也是邋遢得一塌糊涂，还背着一个很大的背囊。他漫山遍野地找吃的，找到什么可吃的拿起来就吃。

看到“这堵墙”，在山丘上疯玩的小伙伴们都呆住了，镇上的人虽然过得拮据，但都很爱干净，也从不会在地上捡吃的东西。他往前走一步，小伙伴们就往后退一步，他似乎看出了我们的恐惧，还故意跑过来吓唬我们，小伙伴们就四处逃窜。

“你怎么不跑？”流浪汉抓住了唯一留下来的我后脖的领子。

“我为什么要跑？你是从哪里来的？为什么要捡地上的东西吃？”我从来不知道什么是害怕，却有着与生俱来的好奇心。

“你这个小孩怎么这么多问题？”

我一直在好奇流浪汉的背囊里装着什么好东西：“这里面是什么？”

“别碰。”流浪汉凶起来，“你就不害怕我？”

“你先告诉我是什么。”

“你去给我找些吃的来，我快饿死了。”

“那你先告诉我，你叫什么名字？”

“你叫什么，小家伙？”

“大家伙，我叫子涵……”

芭娜奶奶一把从流浪汉手里把我抢了过去：“快滚，坏家伙！”

我并没有一点害怕，倒是很好奇，一直盯着流浪汉的背囊，但还是被芭娜奶奶强行带回了家。

自从流浪汉皮耶尔来到小镇上，我就不太喜欢和小孩们混在一起了，也不那么乐意总是待在芭娜奶奶的家里等着她做好吃的给我了，而是等她做好了吃的给我，我就拿着吃的偷偷溜出去找皮耶尔，总想着看看他那偌大的背囊里有什么神奇的好玩意儿。

皮耶尔总是受惠于我送来的美食，他除了在各种垃圾堆、小山丘上寻找吃的，就是和我在一起时，吃我送来的芭娜奶奶做的佳肴。

“我能看看你的背囊里的东西吗？”我被好奇心驱使着，不达目的誓不罢休。

“你可以把手伸进去摸摸。”

皮耶尔握着我的小手，慢慢地伸进背囊里，我摸到了，里面硬硬的、凉凉的、凹凸不平。还在我不明所以的时候，皮耶尔大叫一声，我就吓一跳把手缩回来。

“坏家伙。”我也学着芭娜奶奶的口气，瞪着皮耶尔。皮耶尔就把我举起来，跟着大笑起来。

我又习惯性地在丛林地上睡着了，青鹿走近我，用鼻子把我弄醒。我揉揉眼睛，青鹿似乎要让我跟它走，我就这么自然地在它后面跟着。走到小镇的垃圾站，青鹿停下来，少年涵看到了皮耶尔倒在地上，他紧闭着双眼并紧缩眉头。

我叫来芭娜奶奶，在我的恳求下，我俩合力用小推车把皮耶尔拉回了家，芭娜奶奶给他做了很多好吃的，让皮耶尔洗了澡，换了衣服，剪短了头发，修理了胡子的皮耶尔像是换了一个人，有意大利人特有的高大、瘦削和英武。芭娜奶奶让他把家里的农活都干了，作为他可以住在这里的条件。

好心的芭娜奶奶让皮耶尔住在院子里的储物间。我知道芭娜奶奶其实并不希望皮耶尔住进来，而是不希望我到处乱跑。芭娜奶奶的做法奏效了，从那时开始，我就总是在院子里缠着皮耶尔给我讲故事。

原来，皮耶尔曾经是个民间乐手，但后来他家破产，他们的乐团也解散了，他就开始四处流浪，一直从佛罗伦萨浑浑噩噩地一路流浪到小镇上。

“给你见识一下好东西。”皮耶尔终于打开了背囊。

我眼巴巴地看着，那个偌大的背囊里到底装了什么东西。

“子涵，这个叫作手风琴，没见过吧！它还能弹出特别好听的声音呢。”

这真是个大家伙，我从头到尾地摸了一遍，然后好奇地看着皮耶尔：“是什么好听的声音？”

“那你坐好了啊，好好听着，真的是很美妙的声音。”皮耶尔把手风琴背带套在肩上，开始边拉风箱边弹起琴键。

真的好奇妙，那是我第一次听到那么美妙的声音，我简直惊呆了，这是上苍给我的又一次恩典。那一刻，我感觉到自己好像飞到了空中，看见了彩虹。

皮耶尔弹完一首，让我也背上试试。大个儿的手风琴把我小小的身躯压倒了，我俩大笑起来，芭娜奶奶闻声跑出来，也跟着大笑，还轻轻地打了一下皮耶尔：“你这个坏家伙。”我们都笑作一团。青鹿在院子外面的不远处，凝神注视着我们这毫无血缘关系却亲如一家的三个人。

沉重的离别

关于声音，我最开始听到的是自己的啼哭声，再就是爸妈的只言片语，然后是芭娜奶奶的亲切唠叨，还有孩子们的叫喊声，这就是我生来接触到的声音世界，直到皮耶尔的手风琴弹出来的声音，我才知道什么叫作音乐，那是我听到的最美好最温暖的声音。

每个星期日的晚上，小镇都会举办一次隆重却很简单的篝火晚会，无论小镇上的什么人都会跑来凑热闹。那简直就是孩子们的天堂，大人们围坐在篝火边上聊天，小孩们就绕着篝火跑着、叫着、笑着。篝火晚会最重要的环节，就是大家纷纷拿出自己的乐器，弹上一曲，再唱上一首。每当音乐出现的时候，我总是孩子里第一个安静下来的，然后坐在芭娜奶奶身边，静静地从头听到尾。

那是皮耶尔第一次参加篝火晚会，在芭娜奶奶家安顿下来的他也变得越来越受欢迎，孩子们也跟着我围着他转，大人们也不像以前那样让孩子们像避瘟神一般地躲开他了。也因为他的到来，原本平静安逸的小镇多了一份生趣，人们总是能听到从芭娜奶奶的院子里传出来优美的手风琴音乐，大家也希望能亲耳听他弹奏一曲。

皮耶尔的手风琴技巧真的很棒，一曲欢快的《桑塔露琪亚》过后，大家几乎都爱上了他演奏的美妙音乐。他也来了精神，又从背囊里拿出一支口琴，吹奏了一曲《悲叹小夜曲》，曲调哀婉动听，大家都沉浸在这忧伤而动人的旋律之中。

看到皮耶尔放下口琴，望向星光依稀的夜空，夜空中有一轮满月。

“皮耶尔，你怎么哭了呢？”我走过去擦掉皮耶尔脸上的眼泪。

皮耶尔把我揽到怀里，一起看着夜空：“我，想家了。”

“你想奶奶吗？还有爸爸妈妈？”

“我想我的儿子了，他应该跟你差不多大。”

“他在哪里呢？”

“就在那里，在天上看着我们。”

那天的篝火一直烧了一个整晚，很晚的时候大家才微醺着四散离去。我就在皮耶尔的怀里睡着了，后来也是他抱我回的芭娜奶奶家。

我甜甜地做了一个梦，梦里芭娜奶奶做了很多好吃的给我们，皮耶尔一直用手风琴和口琴演奏，爸妈也坐在桌边，我真的特别开心。对了，青鹿也围坐在院子里，那团篝火让我的身体暖洋洋的。

我以为自己可以一直这么快乐下去，但就是那年冬天，我知道，我的冬天也到来了。

芭娜奶奶在收拾东西，看到我呆呆地站在院子里，她把我拉进屋里。

“奶奶，你要去哪里？”我眼巴巴地看着芭娜奶奶。

芭娜奶奶没说话，然后一边背对着我收拾行李，一边偷偷地抹眼泪。

“奶奶，你去哪里？”我不罢休地一直问一直问。

芭娜奶奶回身看着我，眼泪一滴滴地掉在地上：“小家伙，我要搬到别的地方去。”

“奶奶，那我也跟你搬到别处去吧？”我就是那么依赖着芭娜奶奶，我已经彻底离不开她了。

“那你爸妈可怎么办呢？”

“他们都不要我，我只要奶奶。”

芭娜奶奶抱着我，然后说：“小家伙，你去帮我到杂货铺买一包干酪吧。我给你做香香的薄饼吃。”芭娜奶奶擦了下潮湿的眼泪，把钱塞到我的手里。

“还是每次都买的那种？”那种薄饼只有芭娜奶奶做得最好吃，我一想到那美味的薄饼就直流口水。

看着我走出小院，走远了，芭娜奶奶把早就做好的干酪薄饼、玉米汤和烤地瓜都摆在餐桌上，然后提起行李，走出了小院。

我买好了干酪就捧着跑回小院，看着一桌好吃的，却找不到芭娜奶奶。我站在原地大哭起来，哭了好一阵，索性坐在桌前把芭娜奶奶给我做的好吃的吃了个精光。

那是我到了小镇之后，第一次觉得冬天那么冷，眼泪只要流出来就冻冰了。奶奶离开了小镇，我的温暖也少了一大半，没人给我做好吃的，也没人帮我焐手了。但至少，我还有皮耶尔。

芭娜奶奶走了之后，小院里只有孤零零的皮耶尔一个人了，但他还是守着规矩，继续住在屋外的储物间里。

那年，爸爸妈妈似乎总有很多时间留在家里，但我还是总跑去小院听皮耶尔唱歌、吹口琴、拉手风琴。但我慢慢发现，皮耶尔的声音越来越弱，还总是被猛烈的咳嗽声打断。

“皮耶尔大家伙，你怎么了？”

“涵小家伙，我有点冷。”

少年涵就用小手去握住皮耶尔的手：“奶奶以前就是这么给我温暖的。”

皮耶尔微笑着摸摸我的头，一把把我抱在怀里，暖暖的。

一个阴冷的早晨，我像往常一样走进芭娜奶奶的小院，不同的是，小院里没有丝毫的声音，皮耶尔也没有在小院里干农活。

“皮耶尔大家伙，皮耶尔大家伙。”

我推开储物间的门，皮耶尔穿着衣服躺在床上，眉头微皱，沉沉地睡着。口琴放在枕头边上，我就拿起来随便吹了几下，学着皮耶尔的样子甩甩里面的口水，自顾自地笑笑。又走到手风琴边上，偷看熟睡的皮耶尔，然后把它摸了一个遍，摁了几下琴键，但没有声音，“砰”，手风琴突然掉在地上，我被吓了一跳，又去看皮耶尔，他并没被惊醒。

我突然意识到了什么，悄悄走到皮耶尔身边，轻轻地摇摇他，他没动，我又使劲地摇摇他，想把他摇醒，他还是没醒，右手从床上耷拉下来。

“大家伙，你醒醒，快唱首歌吧！大家伙，皮耶尔大家伙。”我不罢休地摇晃着皮耶尔的身体，但是他一点动静都没有。

冷，特别冷，即使后来春天来了，我还没来得及换上春天的衣服，但我还是觉得特别冷。

那天，爸爸告诉我，皮耶尔是冻死的。我不知道什么是“死”，爸爸告诉我，他是去了另一个世界了。既然去了另一个世界，我就还会找到他，让他给我弹琴，那时候我这么想，就没有哭。

芭娜奶奶走了，皮耶尔去了“另一个世界”，小院子没了从前的活力。

我还是每天早晨都跑到小院子外面往里看，“奶奶，大家伙，我来了。”然后坐在小院子门口晒太阳，再跑去小树林里睡觉。

青鹿总是跟在我的身后，我已经习惯了它的存在，形影不离。

我该回家了

小镇从那个春天开始，就没有再出过太阳，我的记忆中是这样子的。

在我六岁的时候，爸爸的科研项目结束了在意大利的工程，必须要回国了。

有一天，爸爸妈妈突然回到家里收拾东西，我呆呆地站在他们身后，不知道要做什么。

“子涵，快收拾你的东西去。”妈妈说。

“我们去哪里？”我不知道“收拾东西”意味着什么。

“离开这里，我们回家去。”爸爸说话的时候并没有看着我。

“这里不是我们的家吗？”我自从记事开始，就住在这里，我不知道除了这里，哪里还是家。

妈妈蹲下来看着我：“这里不是我们的家，我们的家在中国，一个叫大连的城市。”

“中国？大连？”对于这两个生疏的词，少年涵一点概念都没有。

“那里有奶奶、叔叔、姑姑、伯伯，还有好多哥哥姐姐。”爸爸说。

我突然咧开嘴笑了：“那能见到芭娜奶奶和皮耶尔大家伙吗？”

爸爸和妈妈对望了一下，并没说话。

一想到能见到奶奶和大家伙，我一下子兴奋起来，跑去收拾自己的小书包，还禁不住笑出声来。

我并不知道接下来会有什么等着我，换个地方，换个环境，继续我的成长。后来我才知道，成长是需要付出代价的。

我们一家三口收拾好行李，小镇的人看着我们走出去。跟我一起长大的小伙伴们都跑出来，大声地喊着我的名字，大人们都往我手里塞各种好吃的，我咧着嘴兴奋地大声说，“我要回家啦！”爸爸妈妈冷漠地看着这个小镇、小镇上这些的人，还有被各种人拉着簇拥着的我。

乌云慢慢遮住了阳光，最后一丝阳光也从我的脸上消失了，但我还在咧着嘴笑着。

我被骗了！

那座叫大连的城市虽然总是阳光明媚，但并没看到芭娜奶奶和皮耶尔大家伙，没有他们，我一点都感觉不到温暖。

回到大连，爸妈依然是工厂里的大忙人。但这对忙人却没有得到更好的待遇，我们一家三口只能挤在一间只有二十平方米的小房子里，虽然是工厂的家属楼，我家却只是由两户之间的过道改建而成的。虽然爸妈也总是唉声叹气，但他们并没有怨言。

刚回到大连的我没有一起玩的小伙伴，楼里都是工厂里最普通也是最穷的工人叔叔阿姨，奇怪的是他们几乎都没有小孩。我整天只能无聊地穿梭在这些和爸妈同样忙碌也并不快乐的大人之间。他们每天忙着上班下班做饭吵架，忙得几乎看不到我这个小孩的存在。只有当我真正挡在他们中间，他们才意识到，这个犹如贫民窟的居民楼里，还有个像我一样的小东西存在着。一块糖或者一把瓜子对我来说已经是他们对我最好的恩赐。

很奇怪，这座城的人和意大利小镇的一点都不一样，他们不穿黑袍子，不戴高帽子，而且他们的皮肤都有点发黄。我不知道他们为什么整天都不高兴，每天有那么多事情要做，为什么不开心点呢？还是他们把笑容都藏起来了呢？

“今天我们去见奶奶。”爸爸对我说。

“真的？”少年涵从没见过奶奶，这对他来说真的有点兴奋。

爸爸拉着我出门，“妈妈不一起去吗？”

妈妈假装没听到这句话，爸爸也没有回答。

“奶奶长什么样？”她应该和芭娜奶奶长得一样，有着一张慈祥温柔的笑脸。

“见到奶奶，你要叫她，要听话，但别多说话。一定要记住。”爸非常谨慎地对我说，我至今都记得爸当时脸上严肃的表情。

我错了。这不是奶奶，她没有一张堆满笑容的核桃脸。

“回来啦？”这是一张没有笑容只有威严，同样布满皱纹的脸。

“叫奶奶，子涵。”爸的语气都显得很陌生。

“芭娜奶奶在哪里？”我总是在寻找芭娜奶奶那熟悉的慈祥面容。

“你在说什么？这什么口音？”奶奶连正眼都没看我一眼。

“子涵还没学会说话就去那边了，说的话都是和当地孩子瞎学的，我们又没时间带他。”爸露出了无奈的表情。

“没一点规矩，见了我也不叫我，当妈的怎么教的？”奶奶只顾和爸发脾气。

“素茹一过去就给我当助手，也没时间陪在子涵身边，就把孩子交给邻居老太太带着。”

“给外国老太太带能学出点什么来？照这么下去，还不是一身不招人待见的样儿。”奶奶总算勉为其难地看了我一眼。

我再也不敢看她犀利的目光，躲在爸的身后。

一道寒光。我打了个寒战。这不是奶奶，奶奶不该是这样的。

“爸，我们回家。”我一分钟都不想待在这个奇怪的地方，想赶紧逃走。

“这是什么孩子啊，没一点规矩。”奶奶狠狠地瞪了我一眼。

“子涵听话，要叫奶奶。”爸从背后拉着我扭过身体，让我面对着奶奶。

“她不是奶奶，奶奶不长这样。”我反抗似的大叫着。

虽然口音还是怪怪的，但奶奶却听明白了：“滚，你赶紧带他滚，什么破孩子！”

回到家，爸一言不发，无论妈怎么问都不说话。

“子涵，到底怎么了？”妈看到我们父子俩气冲冲地回到家，还是要问个究竟。

“那个不是奶奶，”我依然固执地告状，“芭娜奶奶只会对我笑，更不会骂我。”

“老太太为什么跟个孩子没完没了，这么多年都过去了，怎么还这么……”

爸重重地叹气，把我拉过来，凶巴巴地对我说：“你记住，以后见到她就要叫奶奶，她就是你奶奶，这里没有芭娜了，只有这个奶奶。你必须给我记住。”

我不理解地轻轻点了下头，顿了一下，但又不确定而疯狂地摇着头。

梦里有阳光

有一点光，然后是大光，刺眼的阳光。我觉得暖暖的。

他们都来了，漫山遍野疯跑的小伙伴，在小山丘上，一起大喊大叫疯了似的跑过来；印度小男孩，小树林，一地厚厚的树叶床，重重地躺上去就能睡着了；干酪小卖铺，大胡子，拉起黑袍子躲进去咯咯大笑；小院子，芭娜奶奶，一桌子好吃的，有干酪薄饼、玉米汤和烤地瓜；储物间，皮耶尔大家伙在拉手风琴，跟着他一块儿大声唱……

是它，是它，那只一直在身边的青鹿，它向我狂奔而来，撞进我的怀里，把我撞倒，用鼻子磨蹭着我的脸，好痒好痒，我躺在树叶床上紧搂着它的小脖子，它就势卧在地上，我俩依偎在一起。大大的太阳暖洋洋地照着我们，我们就那么亲昵地搂着、搂着……

“你跑哪里去了？”我好开心见到青鹿。

青鹿的眼睛一眨一眨的，它睫毛忽闪着，有微微的波动。

“子涵。”青鹿的嘴张了一下。

“你会说话，你原来会说话。”少年涵惊讶地看着青鹿。

“子涵。”它的嘴又动了一下，然后挣扎着站起来，回头看出去。

“子涵，快起床！”妈摇醒我。

眼前一片灰暗，是个阴天。

“鹿呢？”我半梦半醒地嘟囔着。

“别磨蹭，今天第一天上学，不能迟到。”妈妈把衣服丢给我，我自顾自地穿上。

他们不喜欢我，我也不喜欢他们！

妈妈把我交到董老师手里，董老师让我这个又黑又瘦的小个子坐在第一排。

妈妈匆忙地走了，没留下一句话。

董老师是我小学的班主任，她是一个白胖的中年女人，一脸笑容，看着这一班的小豆子学生，她的目光落在我的脸上：“来，你告诉大家，你叫什么名字。”

“孙子涵。”我很大声，但是却夹杂着意大利口音。

全班哄堂大笑，我听到最大的笑声居然是董老师的，她也肆无忌惮地大笑起来，连捂嘴的动作都懒得做：“这啥口音啊？可逗死我了。”

我倔强地看看全班同学，看看董老师，突然站起来，冲着她大声说：“你不许笑我。”

接着又是一顿大笑，董老师这回没笑，却狠狠地盯着我，我和她就这么对峙了几秒。然后，董老师伸出左手，用食指指着教室门口，声音中带着不屑说：“你，那边站着去。”

我盯着她，然后走到门口墙边站着。

我不知道他们为什么不喜欢我，但是我知道我为什么不喜欢他们——他们都不友好。他们不像小镇上的小伙伴，他们会拍拍肩、拉拉手，而这里的人只有嘲笑。

上学都好几天了，我选择不再说话，无论老师问我什么，我都一言不发，最后的结果自然是去罚站。站着站着也就习惯了，但我却成了学校站立的“典型”。

总算挨到了放学。我到了家放下书包就倒在床上,我不想做功课，迷迷糊糊地睡着了。醒来的时候天已经黑了，爸妈还没有回来，我拉开门，飘来做饭的香味。

“阿姨，你在做饭吗？”我走到隔壁正在做饭的阿姨身边。

“哟，你妈还没回来啊，那到我家去吃吧！”

“好。”我真是饿坏了。

我突然一阵眩晕，转身就吐了一地。

“哎哟，这孩子怎么了？”阿姨一把拉住差点摔倒的我，“哎呀，发烧了。”

吃了些阿姨煮的稀饭，妈妈才回来，赶紧带我去医务室打点滴，总算是退烧了。

第二天上课，董老师收作业本。我一直都在磨蹭，没去交作业本。

“孙子涵，你的作业呢？”

“老师，我昨天发烧了，我妈带我去医务室打点滴……”

还没等我说完，董老师抢白：“你才多大点啊，就学会说谎了。没做作业就说没做，还敢在我这儿撒谎！”

“我没撒谎。”我那时候还不知道什么叫撒谎。

“还敢顶嘴！你还敢狡辩！你就是坏学生的典型！”董老师开始

变本加厉，“你站上来，听见没有，站到讲台上来。”我只好无奈地站上去。

“拿着，拿着你的作业本，顶着，顶头上。”董老师把作业本扔到我手里，拉着我站在她旁边，面对全班大声说，“大家都给我看着，孙子涵是撒谎坏学生的典型！这就是你撒谎的下场，我要罚你站在这儿。你刚一年级就这么坏，还学会撒谎了！大家都记着，以后你们谁不交作业，谁再撒谎，都跟他一样站到这儿来。”

全班鸦雀无声，所有孩子都直直盯着顶着作业本的我。

我一脸倔强，嘴里依然嘟哝着：“我没撒谎，我没有。”

老师认定的坏学生，在所有人眼中，就一定是坏学生了。

我不知道我错在哪里，一直都不知道。

坏孩子的天空

从那天起，我就只能一个人独来独往了，没人愿意和我一起，无论是上学路上还是在学校的课间嬉戏时间，有些胆小的好学生都会躲我远远的，就像躲瘟神一样。董老师也不愿意多看我一眼，于是我的座位从第一排挪到了最后一排，别人都有同桌可以画“三八线”

吵个小架，可我从没享受过这样的待遇，从一开始我的权利就被剥夺了。

“怎么都没同学来找你玩？”妈妈似乎觉察到了什么。

“我不喜欢他们。”

“你这孩子就是太倔。”

我更不喜欢说话了，除了和爸妈之间的简单对话，在学校我几乎一言不发，老师也似乎当我是透明人一样再也不对我提问。

上学的路上，我一个人，远远地看着别的同学三五成群，那条小路是我自己的；教室里，我一个人，看着眼前叽叽喳喳、又吵又闹的同学，那间教室是我自己的；操场上，我一个人，那片同学都在追跑打闹的天空，也是我一个人的。

教室里有唯一一个和我一样、没有同桌的男孩子，我望向他，似乎在下意识地寻找一丝安慰，他每次碰到我的眼神，都会故意躲开，然后跑去讨好别的同学和他们一起玩，可还是没人理他，真是贱啊！

好吧，我就是一个人，那我就一个人过。

上三年级了，我依然倔强地坚持着自己一个人的小世界，不过多言语，不过多活动，上课时很安静地走神，下课时依然很安静地洞悉着身边的一切。

“明天，全班每个人要带五元钱来上学，学校给大家订了豆奶。每天喝豆奶可以让你们长大个儿，一定要记得把订奶的钱带来，不带的就到讲台边上罚站。”董老师的话对同学来说就如圣旨一般。

“我不知道什么是豆奶，因为家里窘困的状况我很早就断奶了。

豆奶就是豆子做成的奶吗？”我心里这么想。那时候的我还是个孩子，对一切新事物同样好奇心十足。

那天，我几乎是第一次从学校带着欣喜的心情回到了家。

“妈妈，能不能给我五元钱？”我用着恳求的语气对我妈说。

“要钱做什么？”

“学校要每个人交五元钱，要订豆奶。”我眼巴巴地看着妈。

妈满脸难色：“你知道咱家的情况吗？我和你爸挣的钱勉强能维持咱家的生活，哪儿还有额外的钱给你啊？”

“可是老师说，不带钱去就要罚站……”我从来不害怕被罚，但这次却很执拗地讲了这个既成的事实。

妈没再说什么，我也没敢再坚持什么。

一边是窘到极致的五元钱，一边是极富诱惑的豆奶，我第一次如此期待的一件事，竟然是在别人家里几乎可以被忽略的芝麻小事。

喝豆奶，还是罚站？喝上豆奶，爸妈就要从生活费里挤出五元钱；可不上缴这五元钱，我就要去罚站，还要被老师和同学看不起……算了，我已经是坏学生的典型了，就算喝了豆奶我也变不了好学生，不喝就不喝吧。

第二天一早，爸妈已经上班走了。我依然像往常一样自己穿衣洗脸，一切准备妥当之后走到门口，桌上除了每天的五毛早点钱，居然多出了一张皱巴巴的五元钱。我顿时眼睛一亮，心里也跟着亮堂起来。

董老师让每个人把钱放在桌上，等她来收钱。我第一次像好学生一样，把五元钱放在桌上。虽然相比别人的五元钱，我的五元钱除了皱巴巴的没什么特别，但我自己心里最清楚，这张钱可是爸妈想尽办法才给我凑出来的，我要好好珍惜这对我来说来之不易的机会。

董老师走到我面前的时候，顿了顿，用几乎不被觉察的奇怪眼光看了我一眼，但这个可以忽略的眼神还是被我发现了，那一刻，我觉得我就是个好学生，享受着和同学们一样的待遇。

我从没有想过，我能有机会和他们一样，董老师并没有对我说什么，也没做出任何可怕的举动，这是她的第一次，也是我的第一次。

拿着两袋豆奶，我像如获至宝一般捧着它，豆奶从塑料袋透出一股豆子混合着奶的香气，那是我第一次闻到这么芳香的味道。要知道，自从离开意大利小镇之后，这是我第一次喝除了白开水之外的饮品。

同学们拿到豆奶的时候，都迫不及待地打开喝了个精光，满教室都弥漫着豆奶的味道，只有我悄悄地把豆奶放进课桌里，有同学看到这一幕，翻了个白眼小声和其他同学说："瞧瞧他，真小气，两袋豆奶都当宝贝似的。"我听到了这句话并不作声，"既然你们一直都把我当作透明人，我也当你们是透明的。"

放学了，我急不可耐地捧着豆奶跑回家。

"妈，豆奶。"我把宝贝似的豆奶捧到妈眼前。

“嗯，你喝了吧。”妈露出了难得的笑容。

“妈，你喝一口，可香了。”

“你喝吧，我不渴。”

我看到爸已经躺在床上，拿了一袋豆奶走到爸身边：“爸，这袋给你喝。”

爸爸蒙蒙眬眬地睁开眼，“什么？”

“学校给我们订的豆奶，妈给了我五元钱，妈说这五元钱来之不易，我不能一个人喝，爸你身体不好，喝这个对身体好。以后我喝一袋，你喝一袋。”我一边喝着豆奶，一边把另一袋放在爸的手里。

爸爸眼里闪着泪花，但眼泪并没流下来，突然一个满怀的拥抱，把我一把揽进怀里。在爸怀里的我一下子惊呆了，豆奶袋还叼在嘴上，嘴边还残留着豆奶的余香。

甜，特别甜。

不仅是豆奶的甜，还有那个有生以来第一个来自爸爸的拥抱。

那一刻，我很暖。我好想你们，芭娜奶奶、皮耶尔大家伙。

就在那一刻，我看到了躲在幽暗墙角的青鹿，它正浅浅地注视着被爸爸抱在怀里的我，脸上似乎有笑。我开心地对它说：“你终于来找我啦！”

醒 醒 吧!

体育课，是我最害怕的课程。

平时就算一个人在操场上，也是会有很多其他人都在的时候，根本显不出我的存在。

可是一上体育课，三十多个人，就只有我落单了。

“好啦，今天体育课我们自由分组，男生分两组踢足球。”体育老师吩咐着。

大家一哄而散，认真地分组踢球，很快两组就分好了。只有我一个人被孤立了，因为大家从来无视我的存在。不过，我从来没有在意这样的安排，也习惯了。我自顾自地走到树荫下，看着他们踢球，那样的欢声笑语、追跑打闹，仿佛这个世界从来都和我无关。

球滚到了我的脚下，大家才发现我的存在，“快踢过来。”我对他们来说，似乎没有过名字，谁又会在乎这个“不会说话”的坏学生典型到底叫什么呢？我盯着脚下的足球，生起邪念，狠狠地带着满腔怨恨地把球踢出了操场墙外，然后用挑衅的眼神看着所有人，所有人跟我对峙了几秒，都无奈地走掉了。

“董老师说了，让我们都别搭理他。”

“我们才不跟坏学生一般见识。”

“就是，他是坏学生，我们跟他一般见识了我们也成坏学生了。”

他们一边跑出去捡球，一边不甘示弱地大喊着，生怕我听不到似的。

在我眼中，他们就是一个个拿着叉戟、头上有犄角、身后甩着尾巴的小恶魔，真想有一天，我抓住他们的尾巴把他们甩得远远的。

我无聊地走回教室，教室门锁着，我就从门上的悬窗爬了进去。

待在空无一人的教室里，只有这样，我才觉得自己是安全的，趴在桌上就慢慢睡着了。

一阵哄乱声，我被吵醒了，同学们都回到教室，准备上下一堂课。

突然，一个女生一声尖叫：“啊——，我的钢笔不见了。”她是班上的“小公主”赵娜，仗着家里的富有在班上各种炫耀、各种张扬跋扈。

刚走进教室的董老师立刻走到她面前：“你的钢笔放在哪儿啦？”

“我一直都放在文具盒里，昨天我爸爸刚给我买的，我还没用过呢，特别贵。”她声音娇嗲尖锐。

董老师让她先坐好，然后缓缓地走到讲台上，慢条斯理却十分威严地说：“刚才体育课，谁回到教室来了？”

教室里顿时鸦雀无声，但所有人的眼光都像箭一样向我射过来。

“孙子涵。”董老师叫到我的名字时，都是一个字一个字往外蹦的，“你给我站起来！你刚才是不是回教室了？”

我就知道是这一出：“是，董老师，我刚才是回教室了，但我没……”

“你怎么进来的呢？教室门可是锁上的。”董老师的目光可比所有同学的目光厉害多了。

“我从门上边的窗户爬进来的，但我没拿赵娜的钢笔。”

董老师显然被气得直喘气：“你这孩子还变本加厉了，我不搭理你，你还真来劲了。你不交功课我姑且饶了你，你说谎就算了，现在还学会偷东西了。”

“老师，我不会说谎，我也不会偷东西。”我知道，当时我的眼神像豹子一样犀利。

“你还嘴硬，你再嘴硬……”

“老师，你不能冤枉我，我没偷就是没偷，我没说谎，也没偷钢笔。”

“董老师，刚才上体育课他还把我们的足球踢出墙外了，然后就跑回教室躲起来。”一个好学生出来帮腔。

“孙——子——涵——，你站到讲台上来。”董老师已经气急败坏了，“我要让你知道，偷东西的下场是什么样的。”

我坐在座位上，纹丝不动。

“班长，你去翻他的课桌和书包。我就不信，今天钢笔找不到，我就不上课了。”脸色发青的董老师拉来一把椅子坐在讲台边上，“我就不信，还治不了你！”

班长战战兢兢地走过来翻我的课桌和书包，他翻一下看一下我，但我没反抗，因为只有这样才能证明我的清白。课桌和书包被翻了一个遍，乱糟糟地散落了一地，但班长并没如愿地找到那支钢笔。

董老师不见钢笔，从讲台走到我身边，每个脚步都能把地面砸出一个坑。然后揪着我的衣领，大喊着："快说，你到底把钢笔藏在哪儿啦？"

"我说了，我没偷。"我斩钉截铁地告诉她。

"好。"董老师已经有点歇斯底里了，"你没偷是吧！你把身上的衣服都脱下来，我就不信不在你身上。"

我就这么死盯着董老师这张丑恶的脸，一动不动地钉在原地。

"你脱不脱，脱不脱？"董老师开始拽着我的衣领，气急败坏地来回摇晃。

"我不脱，就不脱，我没偷东西。"我打算跟她奋战到底。

董老师开始拎着瘦小的我，全教室游走："你还长能耐了，还敢反抗我了是吗？"全班同学都被这一幕惊呆了、吓傻了，没有人敢作声。

你知道被冤枉的滋味吗？

那时候我还不知道什么是死，如果我知道，我比死一百回、一千回、一万回都难受。

但我有个坚定的信念，我没偷，死都不能承认。

"你们看到了吧，这就是偷东西的下场，你们都给我记住了。"董老师像个疯子一般拖着我满教室"游街示众"。

"我就是没偷，没偷！"我虽然已经力不能支，但依然不能对她示弱。

就在那一刻，我看到青鹿突然出现在我身后，我看到它愤怒的眼神，然后它一头撞向董老师，董老师被课桌腿儿绊了一下，大叫一声像狗一样摔倒了，趴在地上喘着粗气。我也顺势被带倒了，坐在地上的我迅速地寻找着青鹿的身影，它像战神一般站在教室门口，然后跑掉了，我的脸上也露出了略带一丝邪恶的笑容。

一个人过一个人的生活，这样都不可以吗？我不想打扰别人的快乐，即使我从来不知道什么叫作快乐，难道我连一个人这样孤独的权利都没有吗？

“子涵，你要忍。”钢笔事件让我在学校的“罪行”暴露在爸的面前，但爸并没有大发雷霆，回到家只是如此告诫我。

“爸，我没说谎，我真的没偷东西。”该坚持的我一定要坚持到底。

“我相信你。”爸坚定地说，“但是，老师不信你，同学也不信你。”

“我恨他们。”我说出了心里话。

爸看着我令人不寒而栗的眼神，有点惊讶：“为什么恨？你刚多大啊？你知道什么是恨吗？”

“小时候，在意大利小镇上，大家都对我那么好，芭娜奶奶对我好，皮耶尔大家伙对我好，小伙伴对我好，所有大人都喜欢我对我好，为什么来到这边，他们都不喜欢我？奶奶对我不好，老师对我不好，还骂我罚我，同学也对我不好，还冤枉我，我到底哪儿做错了？你和我妈就知道上班，我都快不记得你们长什么样子了。”我从没有一下子讲这么多话，自己都吓了一跳，“爸，我想回家，回到那个有芭娜奶奶和皮耶尔大家伙的家。好不好，我们回家吧。”

爸很无奈地盯着我很久，然后把我拉了过去：“孩子，你得醒醒了，知道吗？这里才是你真正的家，意大利我们再也回不去了，我们的家就在大连。”

“可是这里没有人对我好，没有人，一个人都没有。”我特别想哭，但还是憋住了。

“孩子，你现在是在中国，你首先在家要把中文学好，学会说家乡话。你要争取让老师喜欢你，让同学接受你。不然，你再这么下去，就是一个怪孩子，你知道吗？”爸忍着内心的烦闷，还是说出了内心想说的话。

“我的家不在这里……”我依然执拗地喃喃自语。

好吧，就算我是个怪胎，我也要有人喜欢我对我好。

可是这个人在哪里呢？

那天深夜，我第一次失眠了。

我知道，青鹿就躲在角落，在黑暗里默默注视着失眠的我。

我走到青鹿的身边，揽着它坐在它的身边抚摸着它毛茸茸的脖子。

“小鹿，你能带我走吗？我好想芭娜奶奶和皮耶尔大家伙，带我去找他们吧。”

青鹿靠在我的怀里，嘴里发出呜呜的轻声。

“醒醒，快醒醒，起床上学去。”妈妈叫醒熟睡中的我。

窗外阳光灿烂，但我却看不到阳光。行尸般例行公事地洗脸、穿衣、背书包。

Chapter 2

你给生活希望，它才会赠予你风景

角落的微光

我做了个决定。

既然学校就像是个地狱，我就逃离这个地狱。我相信还有有阳光的地方，但需要自己去寻找。

爸爸也让我“在家把中文学好”不是吗？既然这样那就在家里吧。

我躲在学校大门外的石墩后，看着同学、老师鱼贯进入校门。一声长铃声，校门紧闭，一切都回归平静。

我慢慢地从石墩后面走出来，露出一脸坏笑，然后从容地大步流星地走回家。

穿着校服的我背着书包，用胸前的钥匙打开了家门，就好像别的孩子上学一样，走进家门，放下书包，打开窗户，让阳光照射进来，然后坐在书桌前，打开放在桌上的书。

虽然这里并不是能给我温暖的家，但还是比学校好太多了，至少它还是一个能给我安静的港湾。

在这里，至少没人能打搅我一个人的世界，没有恶意的对峙、无谓的指责，也没有可怕的冤枉，我不用假装撒谎，也不用忍耐，我的世界由我主宰。

桌上的书都是爸爸上班时用的，其实我一本都看不懂，但我还是会看，总有一天我会懂，进入一个大人的世界，总有一天我会变成一个大人，但我绝不会像爸那样，什么都要忍，我不忍！

看不懂桌上的书，我就去书架里找能看懂的书。书架上有很多书，有爸妈的工具书，也有很多闲书，有《三国演义》《水浒传》《西游记》等，还有金庸的武侠小说，虽然很多字我都看不懂，但我发现自己身处在一个文字的海洋，了解到书里的人是如何沉浸在一片江湖之中。

刘备、关羽、张飞桃园三结义，一百单八将快活地在水泊梁山上称兄道弟，孙悟空、猪八戒、沙和尚三兄弟护着唐僧去西天取经，连金庸的故事里，每个少年在成为少侠的过程中，都会有人庇护着他们的成长……

多想活在他们的世界里，我不需要太多，至少他们都不是一个人，至少他们都有兄弟一起出生入死。

我不想再这么一个人下去，谁对我好，我就把我的命给谁。

看书看累了，我就趴在床上睡着了。

开着的窗户有风吹进来，窗帘随风飘动，拂过我的小脸，有一束阳光照在我的脸上，让我睡得很踏实、很舒服。

睡醒了之后，太阳已经快下山了。

我把书都收拾好，按原位置放在书架上。我背上书包，重新走回学校，在石墩后面躲着，看着同学们慢慢地从学校走出来，我才悄悄走出石墩，远远地跟着人群重新走回家。

那段在家的日子，我很满足。

至少，这才是我想要的，没有人打扰我一个人的世界。

刚找到一点微光，就被大朵的乌云层无情地遮住了。

我努力地想把乌云拨开，但拨开了一层，还有很多层，始终见不到太阳。

虽然是在夏天，但我却觉得很冷，冷得发抖。

家门就这么被粗暴地踢开，爸手里拿着一张纸，上面写着两个大字："劝退"。

"你怎么就这么不争气，你是想把我们气死一了百了吗？"爸似乎使尽了全身的力气，把耳光狠狠地甩在我的左脸上，留下五个红红的手指印在上面。

我几乎被打傻了，傻愣愣地站在原地，麻木得不知所措。

不是疼，是烧得火辣辣的感觉，然后是耳鸣和麻木。

这该死的耳光，是要打醒我吗？

我第一次打碎了盘子，芭娜奶奶摸摸我的头，安慰着我。

我第一次弄坏了手风琴的风箱，皮耶尔大家伙还对我做着鬼脸逗我笑。

我只不过不要去学校，得到的却是爸这一记狠狠的耳光。

“他才多大啊，你要打死他吗？”妈跑过来护着幼小的我。

我依然倔强地站在原地，小豹子似的死盯着爸爸，但没有流泪。

“受那么点委屈就敢逃学了，长大了还有什么出息？”爸一把将“劝退书”摔在地上，“早知道就不该把你生下来！”

“你说什么呢？当着孩子的面别说这些乱七八糟的。”妈抱着吓坏了的我，眼泪掉在我的头顶。

“我们受多少罪他知道吗！你问问他知道吗！”爸也跟着哭了起来，“你能不能给我们长点脸、争口气啊？咱家穷，穷也要有志气知道吗？别人看不起我们，我们首先要让自己被看得起，他们欺负我们，我们先忍着，后发制人。等我们好起来，有了钱，看还让他们看不起不！”

“子涵啊，你一定要好好上学知道吗？看把你爸给气的。”妈搂着我，哭得已经不成样子了。

看着爸妈憔悴的样子，我的心突然好像被刀子捅了好几下似的。

很疼，疼得我喘不过气。

好，我就争口气！

但想到这些，我的眼泪却肆无忌惮地掉下来，真不争气。

我依然一脸委屈地走过去拽拽爸的衣角：“爸，对不起。”

一家三口哭成一团。

迟来的幸福感

从前，爸总是喜欢说一句话：如果有朝一日，我们有了钱……

我从不记得他后半句是怎么说的，因为每一次说都会有不同的内容。但因为我从来没有奢望过爸真的会有“有朝一日”，所以也就把爸的这句话当作一种习惯而已。

我是真的没想到“有朝一日”真的会变成现实，变成活生生的生活摆在我的眼前。

“素茹，子涵，”爸健步如飞地几乎是撞进门来，“我们有钱了。”

就在我重新回到学校半年后的某一天，爸的科研项目被申请了特项专利，他的夙愿终于得偿，获得了一百万元的专利奖金。

上苍有光，就算是你以为永远躲在最黑暗的角落，总有一天，它的光还是会照到你身上，哪怕只有那么一瞬间。

然后，我的房间一下子变得比原来的整个家都要大，落地的玻璃窗，洁白的窗帘，方方正正的衣柜，像样的电脑桌，最重要的是，还有一张从来没有想象过的双人大床，好大、好舒服的样子，我就这么盯着这张大床很久，阳光照在床上，很温暖的感觉。

“怎么不躺上去试试？”爸摸摸我的头，他的脸上总算泛出了从来没有过的、因为有笑容才有的光泽，“我特意给你选了一张很软的席梦思床。”

我也被此刻笑着的爸感染了，笑容却僵在脸上，几乎麻木得恢复不了了。

这真是属于我的吗？这就是我曾经万分期待的幸福感吗？

夜晚，爸妈都睡了。安静而偌大的房间，关了所有的灯，没拉上窗帘，皎洁的月光交织着星光幽然地照进房间里来。

我并不习惯只有自己一个人的房间。青鹿从角落走出来，陪在我身边。我俩一人一鹿默默地望着这张大床，不知道哪儿来的一种恐惧感，是一种源自幸福的恐惧感，可能来得太突然让我措手不及。我还不敢爬上床去，总觉得那并不是属于自己的幸福，到来得太始料未及了！

站得太久了，觉得站累了，我靠着床脚坐在地上。青鹿低下头，用鼻子贴近我的脸，我搂着青鹿的脖子，它就势卧在我的脚边。我们两个小家伙蜷在床边睡着了，月光在我们身上勾勒出漂亮的银边。

清晨，熹微的晨光和远处的鸟鸣充满了整个房间。

房门被轻轻地推开，爸蹑手蹑脚地走进来，悄悄地把睡在地上的我抱上床，盖上了被子，我陷进温暖、柔软的被窝中。梦中，我被明媚的阳光笼罩了，和青鹿嬉戏着，不远处，芭娜奶奶轻唤着我，我兴奋地一头扎进她的怀里，舒服极了。

“奶奶——”我从梦中露出了踏实的笑容。

爸疼爱地亲了一下我的脸，我揉了揉脸，翻了个身继续睡着。

爸说让我争口气，我答应了他。

不得已，但我必须要做！

“孙子涵，你到办公室来一趟。”董老师下课后，面无表情地对我说。

虽然早知道要发生什么，但我从不觉得害怕，因为我早就习惯了董老师的伎俩。

办公室里董老师桌前，除了她还有赵娜和她爸。赵娜看看我，这个假装公主多年的“小恶魔”从书包里拿出一个精美的小盒子：“孙子涵，这个是给你赔礼道歉的小礼物，送给你。”

我完全没想到，这和我之前想的完全不一样啊？到底什么情况？

董老师坐在我面前：“孙子涵，经过我的调查，赵娜之前那支钢笔不是你拿的，”她的那个“拿”字拿捏得特别精准，“是赵娜同学放在家里忘记了。”

虽然我当时特别想哭，可能是因为委屈，但还是憋住了，绝不能在这个时候掉一滴眼泪。

“小朋友，是我们家娜娜错怪你了，这个是赵娜带我亲自给你选的巧克力，算是给你赔个不是。”赵娜爸爸摸摸我的头，笑着对我说。

我抬头看看他，又低头看看赵娜，赵娜把巧克力盒子放到我手里，

“对不起。”

董老师继续说:“那么一点小事就逃学,这是你不应该的。不过,只要你不再继续逃学，我就跟学校教务处说，撤销对你的劝退警告处分。”

本来有些缓和的气氛被她这么一说，我的气焰突然又烧起来，随手就把巧克力盒子塞回赵娜手里:“我不要这个。”然后死死盯着董老师,突然爸的样子和那句“争气”的话又冒出来,于是我忍住了,“我会继续来上课，但你不能再找我麻烦了。”

我看到董老师的手攥成了拳头，脸上却挤出了一丝吓人的笑容:“只要你答应我，按时来上课，按时交作业，我就不会再找你麻烦。”

我不知道为什么，这不是我意料之中的剧情。

走出办公室，我深深地吸了一口气。

走下楼的时候，看到不远处有一个熟悉的背影。

爸?

从此之后,我虽然并未逃脱“差生”名号,但却一直背着那句“争气”的誓言，强忍着把小学勉强地读完了。

也奇怪，从那次爸的背影出现在学校之后，同学对我的态度也没有以前那么差了，甚至还有人有意地找我搭讪；董老师从前对我如夜叉般的表情也渐渐地换成了一张总是堆笑的假面，也真的再没找过我任何麻烦，甚至有时候我迟到或迟交功课她都会网开一面，连罚站的机会都少得可怜了。

就这样，我默默地熬到了小学毕业，没有朋友的关心，也没有老师的关怀，这一切也不过是为了给爸“争口气”。

这虚假的收场啊……

我的姐姐

在我小学毕业后暑假的一天，家里的电话铃响了。

“妈，好的，好的！我们明天一块儿回去。”爸接到奶奶的电话后，口气忽而凝重，忽而轻松。

那是第一次，我作为孙家的嫡孙，正式地走进奶奶的家门，我从来不知道奶奶家还有那么多人，什么叔叔、婶婶、姑姑、姑父、大伯、大妈……这些面孔无疑都满脸堆笑拉着爸显得特别亲昵，从来不受欢迎的妈都受到了特别的待遇。

“大哥啊，恭喜你啊，获得了那个专利，你这么多年也真不容易啊！”

“大哥，你那个专利拿到了多少奖金啊？”

“大嫂啊，你看你们结婚这么多年，都没去你们家看看你。”

“你们现在买的那个房子多少钱啊，大哥？”

“你们工厂还需要人吗？大哥就给我托托关系吧！”

“唉哟，你们家小子都这么大啦！上次见还是在产房呢，是吧，大嫂？”

奶奶看到爸受到这些人友善的簇拥,脸上露出了怪异的笑容。“你们都先出去吧，让我们娘儿几个说说话。”奶奶的话就像是慈禧太后的懿旨，所有人就安静下来，出了奶奶的房间，房间里此时只剩下了奶奶和我们一家三口。

“栋梁啊，你过来。孙子涵，你也过来。”奶奶拉着爸的手，突然老泪纵横起来，“唉，谁都不容易，这都多少年了，你爸去世那年，这孩子也刚出生吧！我一直记得那天，也是我老糊涂了，人总有一死不是！我怎么就把这事都怪在这孩子头上呢？”

“妈，这事就别提了吧。今天高兴，别说伤心事儿了。”爸拍拍奶奶的手，借势就把妈拉过来。妈赶紧从手袋里拿出一个红本本儿，交到奶奶手里：“妈，以后日子好过了，就不说不开心的事情了，这么多年我们两口子也没好好孝敬过您，以后您就好好享享清福吧！”

奶奶用锐利的眼光看一眼妈，转瞬用极度温和的眼光看着爸：“是啊，十三年了，我都没享过福，你们以后可得好好孝敬我啊，听见没有？”

“您放心吧。”爸回头把我一把拉过去，“子涵，还不叫奶奶？你长大可要孝敬奶奶。”

我看着爸的脸，他脸上一副假装的谄媚：再看看妈，妈脸上极力忍受着无奈；最后看看奶奶，她正用极其犀利的目光盯着我，却极力在掩饰，我向奶奶回以犀利的目光，一点都不掩饰，但那声“奶奶”始终没有叫出口。

妈从我背后捅了一下：“叫奶奶，听到没有？”声音很轻，却很严厉。

“奶……”少年涵不情愿地叫了一声。

还没等少年涵叫完，奶奶就转向妈：“孩子要好好教养，连人都不会叫，以后能有什么出息？”

妈低下头，好像犯了错一样轻声答应着：“嗯，您放心。”

我知道是什么让他们变了嘴脸。在他们眼中，我依然是克死爷爷的扫把星，他们原来都不喜欢我。只是因为爸的巨额奖金，才让他们极力掩饰着对我们的厌恶，虚假到令人憎恨。

大人可以惺惺作态，但是小孩不会。

大人们都去奉承爸讨好妈去了，就剩下我身处在一群孩子中间，他们是叔叔姑姑们的孩子。

一个比少年涵高过一头的大男孩跟我面对面站着：“你，就是那个扫把星吧！你们看看，要不是他来了，爷爷就不会死。”

“扫把星，扫把星。”孩子们和他一同起哄。

少年涵狠狠地盯着眼前这个可怕的“小怪物”：“你凭什么这么说，谁跟你这么说的？我不是，就不是。”

“我妈说的，奶奶说的，奶奶说你是，你就是！”

“我不是扫把星。”我把满腔的怒火都集中起来，使尽全身力气将他狠狠地推了一把。

“你敢打我！我们一起把这个扫把星穷小子给捆起来。”他也急眼了。

所有孩子一拥而上，把我按到地上，有人骑在我身上，有人抓住我的手和脚，无论我怎么反抗都无济于事，最终他们用绳子把我的双手反绑在背后。

“看你再耍狠，”大男孩用中指狠狠地敲在少年涵的头上，“讨人嫌、招人恨的扫把星！”

我猛地一头撞向大男孩，扑了个空，摔倒在地上。

“还敢反抗，把他裤子给扒了，看你再嘚瑟。”

孩子们听话地上前扒我的裤子，我声嘶力竭地大喊：“你们给我滚开，滚——”

我就这么光溜溜地暴露于所有孩子面前，男孩子们起着哄，女孩子们捂着脸大叫，大男孩一脸得意地大笑：“你爸不是有钱吗？让他拿钱来救你啊！”

我发誓，从此以后，再没人可以碰到我的身体。

这一切，我都要你们双倍偿还。

“啪——”一声响亮的耳光，“你们是反了吧！当我不在是不是？”

我扭过头来，看到一个和大男孩一般高却极有威严的大女孩，她狠狠地扇了大男孩一巴掌：“你还要闹出天吗？我告诉你，你再敢继续闹，我随便这么上嘴皮碰下嘴皮，准保让你的屁股见红。”

大男孩好像被打傻了似的，一边捂着脸一边往后躲，半天才小声叨念:“不就仗着奶奶给你撑腰吗！神气啥？”

俩小孩嘟哝着“赶紧给他解开”，解开了绑在我手上的绳子。被松开的我赶紧穿上裤子，盯着面前这个和奶奶有着同样威严却有着几分亲切的大女孩。

“看什么看，快穿上衣服，不嫌害臊。”大女孩狠狠瞪了我一眼。

妈和姑姑跑进来，姑姑看着眼前的一切，看了我一眼，又看了一眼大女孩，抓着大男孩的脖领子:“你这死小子，反了天了你是，那是你弟弟，有你这么欺负人的吗？嫂子，对不起啊，子涵别跟哥哥一般见识啊。”然后戳着他的头拽着他走掉了。

孩子们也吓得一哄而散，妈过来给我整理衣服，“就这么会儿工夫，你们折腾啥呢？”

“他们欺负我！”倔强的我并没掉一滴眼泪。

妈看看不远处的姑姑和大男孩，姑姑假装在打孩子，妈轻声对我赔不是:“他们跟你闹着玩呢。”

“他们不是闹着玩，他们骂我扫把星！”

妈愣了一下，然后低下头给我拍拍身上的土。

大女孩站在门口看着这一切，她一直盯着看我，然后又盯着妈的背影看了很久。我看到青鹿就站在她的身边，仰着头看着她。

有一种很亲切的感觉来过，我感觉得到，就像一股温暖的清泉，滋润着干涸了很久的河床。

“妈，她是谁？”

妈回头看到门口的大女孩，大女孩不愿触碰到妈的目光，及时地躲开了。

“她是你姐姐子诺，你出生之后，她一直跟在奶奶身边。”妈轻描淡写地告诉我这一切。

“姐姐？”

音乐课和大罗

坏孩子都很有种，所以，我还算不上坏孩子。

上初中了，我个子比较高，被安排到最后一排，奇怪的是，我还是没有同桌。同学老师对我依然是视而不见。反正我也乐意活在自己的小世界里，悠然自得。

上课的内容，我还是听不进去，就趴在桌上睡着了。等我迷糊地睡醒时，和我眼神对视的是不远处同样坐在最后一排、同样没有同桌的胖男生，他几乎在用一种十分挑衅的眼神怒视着我，我坐正了身体，上下看看自己，并没有什么特别之处，再望向那个男生，他仍在怒视着我，最终我还是躲开了他的眼神。

如果有人怒视着你，而你首先躲开了，那就说明你先输了第一步。

这个道理当年我并不懂，但是几年后，我再也不会躲开任何眼神，放马过来，无论那双眼睛里到底是怎么凶狠的神情。

总算结束了无聊的一天，我收拾好书包，自顾自地走出校园，走在回家的小路上。

突然，我的后脑勺被重击了一下，耳鸣、头蒙，我捂着头转身看，紧接着就是一个大嘴巴，眼冒金星，不知道发生了什么。我一头栽倒在地，还没等我看清到底是谁，又是一顿拳打脚踢，我下意识用书包捂着头，拳头像雨点般狂落在我的肩上、胳膊上、腿上、肚子上、屁股上。

“打人啦——”有人在喊，然后就听到急促跑远的脚步声。拳打脚踢顿时停住了，我这才感觉到身上每处都生疼，我的脑子也停滞了，不知道到底发生了什么。

“孩子你没事吧？”我被扶起来，是一个年轻的男子，“到底怎么回事？他为什么打你？”

我看到他的胸前戴着学校的校徽，下意识地躲开了他：“我没事！”然后一个趔趄没站稳，靠在了身后的墙上。

“你真没事？”他看着我的眼睛，用一种怜爱关切的眼神。不知道怎么回事，我突然从他的眼神里看到了皮耶尔大家伙。但是，我还是一瘸一拐地跑掉了。

那一刻，我真的害怕那种眼神，我不要看到这种眼神。

我已经醒了，这里没有皮耶尔大家伙，没有，我只能靠自己，坚强地活着。

那个年轻人就这么看着我的背影，我正在蹒跚地往前走着，因为我不让人看到我的眼泪。走得够远了，我回头望去，那个年轻人在无奈地笑，正在驱散着看热闹的人群。在他的脸上，我真的看到了神似皮耶尔大家伙的表情。

我还看到了，青鹿从男子身边一闪而过，但他并没有发现青鹿的行踪。然后，青鹿飞奔到我的身边，陪着我走了一路。

从来没这么期待过一堂课，只有音乐课，我一直那么期待着。

一想到要上音乐课，我就会想到皮耶尔大家伙，他吹口琴和拉手风琴的样子，还有那些到现在都还回旋在我脑海中的旋律。

“大家好,我是你们的音乐老师罗立群。”那个笑容是皮耶尔式的，少年涵平添了一份好感，唉，他不是那天救我的那个人吗？怎么是我的“老师”。

“今天我们相互认识一下，音乐课本来就是一门让大家轻松的课哦，希望大家都能跟我玩起来，不用太拘束。我叫到的同学请起立，用你们自己的方式介绍自己。”

罗老师的目光落在我的身上:“那个小同学，你来介绍一下自己。”

我并不情愿地站起来，因为腿伤还没好，碰了桌子摇晃了几下，同学们大笑，我狠狠地看着每个嘲笑我的人，还看到了那个曾在课堂上凶我的男生，这回我没有躲开他的眼神。最后，我还是把目光转向了罗老师。

“你还是坐下介绍自己吧。”罗老师想起来几天前校门外的那一幕，这就是那个受伤的小男孩。

让我坐我就索性坐下，含糊地说：“我叫孙子涵。”此时的我中文已经很熟练了，但还是会夹杂一些意大利式的口音。然而我还是听到有人在偷笑！

罗老师走过来，不经意地轻轻按了一下我的肩膀：“嗯，这位同学的名字虽然说得很小声，但你们听到他说名字的时候的确有种与众不同的节奏和味道，虽然这和音乐没有太大关系，但你们要知道，节奏和风格对于音乐却很重要，你越是与众不同越容易令人过耳不忘，把握好节奏感对音乐来说很重要。”我突然被他这么一“忽悠”，心都跟着像朵飘过的云一样松软下来，目光也就缓和了许多。

“好，下一个同学。”然后，罗老师继续走到那个凶光外露的男生身边，“来，你来介绍自己。”

凶男生听见罗老师突然叫到他，目光一下子从豹子变成了绵羊：“噢，我叫史磊。”可能因为突然袭击，声音也很小。

罗老师突然收起了笑容：“大点声，你叫什么名字？”

“史磊，报告老师，我叫史磊。”他醒过神，第二次声如洪钟，然后露出一脸憨憨的痴笑。说也奇怪，史磊一笑，和他的凶样简直是天壤之别。

“听说你力气很大，但是我希望你能用在正确的地方，比如以后唱歌的时候可以唱高音，不过还要看你有没有这个天分。”罗老师后来还是重新恢复了笑容。

“罗老师，没问题，我有这个天分。”史磊简直就是个大嗓门，又显得憨憨的，大家都跟着笑起来，史磊挥挥手让大家静下来，“你们别笑我，我可以现在就唱一首，就唱《小小少年》吧。‘小小少年很少烦恼，仰望四周阳光照……’”我看着这个白胖的史磊，心里也没那么讨厌他了，全班同学也跟着他的歌声打着节拍。

我的注意力还是离不开罗老师，虽然“老师”这种称呼实在令我厌烦，但却对他有着莫名的亲切感，是不是因为他带着皮耶尔大家伙影子的缘故呢？

下课了，我默默地跟着罗老师走出教室。

罗老师发现了我：“原来你叫孙子涵，你的伤好些了吗？”

我看着他：“那天谢谢你！”

罗老师还是那个动作，轻轻按了一下我的肩膀：“你要强大起来，加油啊！”然后露出招牌微笑，转身走开。

我就这么一直盯着他的笑容直到他转身，突然疾走几步拉住他的手说：“以后，我能不叫你老师吗？”

“嗯，那你就叫我大罗吧。”罗老师的大手被我的小手拉住。

“好，一言为定。”

“一言为定。”罗老师出其不意地和我勾了小指。

我知道那一刻，皮耶尔大家伙又回来了，我爱的音乐也跟着回来了。

爸爸的礼物

放学了，走到校门口，当我还在回味着与罗老师的对话的时候，就看见比我高出半头的史磊带着另外两个男生正等在校门口。

“小子，别以为有老师罩着你，我就不敢再打你了。”史磊往前一步，用胸口撞了我一个趔趄。

就算比我个儿高，我也不怕他：“我问你，前两天，是不是你打得我？”

史磊二话没说，又朝着我的头打了一下：“是我又怎么样？”

我没有躲闪：“你为什么打我？”

“就看你不顺眼了，你有种就还手啊！”史磊继续挑衅，他身后的两个男孩也跟上来，目露凶光，“你还手啊，还手啊！”他们又开始了。

我虽然并不害怕，但脚底没根，还是免不了往后躲。

突然一本书飞过来，史磊躲闪不及，书不歪不斜正好拍在他的脸上，“唉哟，是谁啊？活腻啦？”

“你刚多大点啊,就敢在校门口欺负人？我来看看是谁活腻了。”

一个清脆的女孩声音从我的背后飘过来，从声音里我已经感觉到了气势。

女生跑过来气势汹汹地站定在史磊面前，一把把我拉到身后，狠狠地盯着史磊，史磊刚要还手，见到是个女生，还有点迟疑。

史磊迟疑之时，被身后的俩男生拉了一把，他俩小声说："这是学校有名的大姐头孙子诺，可惹不起。她可是出了名的狠，人家可是有后台的。石头，你可别动手啊！"

史磊回头又看了一眼子诺，她的眼神实在有点令人不寒而栗，然后又指着她身后的我叫嚣着："你小子让女人给你撑腰是吧！下回饶不了你。"然后，灰溜溜地走开了。

子诺一直盯着他们走得看不见影儿了，才捡起书本，胡乱地塞进书包，然后头都不回地径直往前走。

我就紧跟着她，跟了一段路，子诺突然停下来，我也就停下来。

"你别跟着我啊！"她的声音很冷，我甚至都能听得见冰碴儿，然后继续走，我就继续跟。

子诺又停下来，猛地转身，我差点就撞到她身上。

"告诉你，别跟着我！你听见没有？"子诺的脸比声音还要冷。

"姐。"我还是忍不住地叫出了口。

子诺用手指着我的头："不！许！叫！我！姐！别再跟着我啦！"回身继续走路，还嘟囔着说："扫把星。"

虽然她的声音很小，但我还是听到了，于是鼓足勇气追上去，拉住子诺："就算你不让我叫你姐，也不许你说我是扫把星！"

子诺甩开我："你不是扫把星，我妈就不会死，你妈就不会把我爸抢走，爷爷也就不会死！你说，你不是扫把星，那你是什么？我恨你，恨你妈，恨你爸，我诅咒你们三个都没有好日子过！"子诺发怒的时候真的很吓人，连史磊的拳脚都不放在眼里的我却被她吓到了。

我真的被她问傻了，倒退了好几步。

"那你为什么还帮我？"我真的很疑惑。

"恨你，和外人没关系。"子诺说完这几个字，就狠狠地走掉了。

我傻傻地站在原地，站了好久。

你知道那种感觉吗？

你刚刚得到一股暖流的呵护，而这股暖流转瞬间就把你冻成一块化不开的冰。

我那一刻周身都是冰凉的！但这是我的错吗？是吗？

"爸，姐为什么不回家住？"带着疑惑，我回到家禁不住地问了爸这个深藏已久的问题。

爸看着我，想了很久才语重心长地说："她不喜欢你妈。"

"她为什么不喜欢？"我觉得自己可能知道答案，但还是希望爸能亲口告诉我。

爸躲开我的眼神，几次欲言又止，最后还是勉强地说："大人之间的事情，你们不会懂，对你来说实在太复杂了……"

看着爸的犹豫不决，我没再问下去。的确，大人太复杂了，我现在还不能用我的方式理解他们复杂的世界。

晚饭后，我一直没说话，就蜷缩在自己的床上。

爸推开门，走到床边，坐在我的身旁，递给了我一个盒子。

"这是什么？"我突然眼前一亮。

"从小到大，爸都没有给你买过什么礼物，现在咱家的情况好了，别人有的，我希望你也有。"爸并没有看着我，只是盯着盒子，语气很缓和，"你打开看看吧。"

我迫不及待地打开盒子,里面的东西一点点露出来。"Walkman？"血液上升到整个脑袋里，我已经激动得无法言语，我感觉到我的脸已经因为脑子充血而红透了，眼睛里也充满了马上就要溢出的液体。

"我看家里的每个孩子都戴个耳机摇头晃脑的，后来我知道是这个，就给你挑了一个最贵的，我儿子要有就要最好的，是不是？"

我此时已经把爸抱个满怀了。

记得这应该是我第一次主动拥抱爸，他并没有厚实的胸膛和有力的臂弯，但我知道，这是一种无法形容的魅力，就那么抱着，很舒服，很温暖，很踏实。很奇怪，那一刻，我并没有因为这个温暖的拥抱就想到芭娜奶奶和皮耶尔大家伙，因为这个拥抱和他们那些是不一样的。

“你好好听吧，但别影响学习。”爸笑着放开我，他可能还不习惯这么大的儿子这么长久的满怀拥抱。

“爸，谢谢你。”我从心底发誓要珍惜这份来之不易的礼物。

装好电池，Walkman 里面有一盘磁带，少年涵打开机盖掏出磁带看，一盘专辑，有超过二十首歌，歌手的名字叫周杰伦。

“我要一步一步往上爬 / 等待阳光静静看着它的脸 / 小小的天有大大的梦想 / 重重的壳裹着轻轻的仰望 / 我要一步一步往上爬 / 在最高点乘着叶片往前飞 / 任风吹干流过的泪和汗 / 总有一天我有属于我的天……”

我听到这首《蜗牛》的时候，泪水鼻涕满脸都是，一整夜，只有这首歌一直在重复播放。

今晚的青鹿有点不一样了，它的个子大了一些，头上还冒出了小小的角包，围着少年涵一圈圈来回地转，而且我还第一次听到了青鹿鸣叫的声音。我就这么带着眼泪，跟着青鹿笑出声来。

第一次见到光

其实，我要的并不多。

一点点关怀就能让我温暖好些天，但我发现那些关切并不能让我彻底暖起来。

自从日子富裕起来，爸妈似乎比以前还要忙碌。那次拥抱了爸之后，爸似乎在有意躲开我撒娇似的依赖，他比从前回来得更晚，我总会在睡梦中听到爸回来关门的声音；妈也比从前变得郁郁寡欢，话也比从前更少了，她甚至并没有发现我被欺负、殴打的痕迹，虽然她也曾质疑过我的衣服为什么总是脏得不成样子，埋怨多过关心；我也极力在掩饰着一切，撕扯坏的衣服尽量自己补好，反正爸妈回来的时间一天晚过一天，即使不掩饰，他们也不会发现。

姐姐子诺也没再成为“及时雨”出现在我被殴打的时刻，我曾经在学校里无意碰到过她几次，她总是躲闪的眼神，我感觉到在她眼中，我就像是个瘟神般让她避之不及。我并没从爸嘴里得到该得到的答案，后来几次想开口都还是忍住了。

对于其他人来说，眼下的日子是幸福和快乐的，未来的日子是光明和有前途的。

而我的日子呢？阳光总是为了别人准备的，而我只能躲在见不到光的阴冷潮湿的角落里。还好，我已经习惯了这种日子，怎么过不是一天呢？

既然这么不受欢迎，会不会有一天，我就这么被打死在街头，神不知鬼不觉地一闭眼死掉呢？

打人的孩子们打完了人跑掉了，我就在地上安静地躺一下，然后一股脑儿坐起来，收拾起散落了一地的书本，胡乱地塞进书包，然后站起来整理一下衣服，拍拍身上的土，像没发生过任何事一样独自一人走回家。

又是体育课，我按照自己的惯例，偷偷溜回了教室。

只有我一人的教室里，照样趴在课桌上，听着那首《蜗牛》："该不该搁下重重的壳 / 寻找到底哪里有蓝天 / 随着轻轻的风轻轻地飘 / 经历的伤都不感觉疼……"歌词本已经被泪水浸湿晒干，晒干又浸湿然后再晒干，上面泪渍斑斑，那几句歌词已经变得模糊不清，这些歌词已经熟读于我心了。

教室门被推开，走进来一个女生，我猛抬起头，幸好教室前门离我最后一排的座位还有一段距离，让我来得及擦了把眼泪。

"同学，请问你们班的小黑板在哪里？"女生的声音有点微弱，但很好听。

"嗯？"我并没听清楚她的话。

她一边走近我，一边又一次重复："就是那个写通知的小黑板，你知道放在哪里吗？"

"啊，我不知道……"我怕她走近看见自己流泪的样子，又重新趴在桌上装睡。

"别人都上体育课去了，你怎么一个人在教室里啊，你生病了吗？"她已经走到了我身边，因为我感觉到她身上淡淡的清香。

我假装抬起蒙眬的睡眼，就算有泪水，也是因为睡觉，她不会看出来的。

"走开啦，别打搅我睡觉……"我话还没说完，女生就把一只手放在我的额头上，另一只手放在自己的额头上。

暖流，不，是电流，有股电流在撞击着我的额头、我的脸、我的神经、我的心脏。

"没生病。"女生放开手，然后盯着我的眼睛，"你怎么哭啦？"

我不敢再看她的眼睛："我没哭！刚才睡着了。"却不自觉地抽泣了一下。

她摸了摸我的头："别哭了，没事的。"我像是被点了穴，一动不动地僵住了。

"唉呀，周杰伦！我也喜欢他，你喜欢他哪首歌啊？我最喜欢《简单爱》。这个歌词本都皱了，字都看不清了……"我只听到了她的声音，却没听到她在讲什么，"……唉，我看到黑板了，我写好通知就给你们班送回来啊。"

等到我擦干眼泪的时候，发现她已经走出教室了。

教室门没有被她关上，一束阳光照进来，青鹿就在阳光里，冲着我微笑。

我觉得自己就像干涸了十几年的河床，突然一场倾盆大雨，透彻地被灌溉着。然后河边的小草因为被大雨滋润迅速长成大树，大树开枝散叶，长出花朵，花朵结了果实。雨后的阳光暖暖照下来，天上映出了美丽的彩虹。树下，长出小角的青鹿仰天长鸣。

第一个对我真心好的人出现了，虽然我并不知道她是谁。

我的范特西

我以为，那是我唯一一次被阳光眷顾。但就那么一次，我已经很满足了。

至少那个瞬间，让我知道，即使是被所有人抛弃的孩子，都还有机会被人眷顾。

我就这么带着这份珍惜的眷顾继续着一个人的日子，即使只有一个人，我心里也是满满的，有可以溢出来的幸福感。即使放学时依然会有人堵在门口，我也把这些如暴雨般的拳头当作习惯性的磨砺。

“天将降大任于斯人也……”

在某一天的课间，我正一个人安静地坐在座位上。原本喧哗的教室突然安静下来，一个身影像打了追光一般一步步正在靠近我。当我抬起头看到这束追光时，她已经站在我的身边了。

“这个是送给你的，是周杰伦的新专辑《范特西》，是正版的，我爸昨天买给我的。”那个女孩第二次出现在我的面前，对我来说，这不是意外，但也非常意外。

我握着这盒《范特西》，几乎是滚烫的。我有话却一直哽咽在喉咙，无法发出声音。

她再一次摸摸我的头，笑着且落落大方地走到门口，放下小黑板之后，才走出门去。她的整个动作持续了长达一分钟的时间，但在我眼中，这一分钟实在太短，真希望她能放慢脚步，如果自己也能跟上她的话，但我的脚下似乎生了根一样，长在了地板上。

就在那一刻，我看见青鹿在教室里狂奔，几乎以一种乱撞的方式飞奔在每一个可以奔跑的地方，最后发出一声响彻空谷的长鸣。我还发现，青鹿的角已经长出了枝杈，它长大了，像个成年人一般威武雄壮。

女孩在所有人的目光注视下走出了教室，这些目光中当然包括了我最专注而热切的目光。

当女孩走出教室之后，追光倏地一下消失不见了，我也突然间感觉到无数目光像是无数支箭射在我的身上、手上、脸上，甚至是眼睛里，我遍体鳞伤般地灼热，但并不惧怕。

那一刻，我只想握住这盒《范特西》，它是属于我的“范特西”。

其他的，我都可以视而不见。

我不知道是怎么度过接下来的时间的，都是飘忽不定的，脑子里一直回放着女孩走进教室到走出教室的那一分钟。

放学后，当走到校门口，我如期地发现，那些一直把我当作欺负对象的孩子齐刷刷地站在那里，而且明显多过平时的人数，带头的也自然就是被他们称为“豹子磊”的史磊。

“你们想打我是吧？我只有一句话，别在校门口，我们去那边的小街。”那时的我就像是个即将英勇就义的少年英雄一般，觉得自己那句话都成了一时间的豪言壮语。

小街的巷子里，我的小身躯被小山般的孩子群殴，我把书包套在头上，双手抱在胸前，而我的“范特西”就在怀里，它已经成了我的护身符，有了这道护身符，就什么都不怕了，就算挨打也不会觉得疼了。

真的太神奇了，虽然这次的暴风骤雨来得比每次都猛烈，但我却几乎没觉得比任何一次要严重，回到家都不觉得有任何地方疼。

那天夜里，我不知道是因为这顿暴打还是因为再次被阳光眷顾，我又一次失眠了。

黑暗里，我对卧在床边的青鹿说了好多话，几乎讲了一整夜。

那天夜里，我做了个决定。

为了她，为了我的范特西，我不能再像狗一样活着，我不要再被欺负，我要活出个人样。

“爸，我想去学散打。”我终于找了一个机会，在某天清晨，鼓起勇气对爸说。

爸的眼中怒气横生：“有学不好好上，你的脑子里都装了些啥？不！许！去！”

“我要去学散打。”我斩钉截铁地说。

爸抬起手，却停在空中，过了一会儿又放下来：“你就不能像别人家的孩子一样，安分点吗？我和你妈拼死拼活的，不全是为了让你过好点吗？你现在的任务就是给我好好学习，其他的你想都别想。学散打？以后你想做打手吗？这个暑假，你哪儿都不许去，好好在家复习功课。”爸没好气地摔门上班去了。

我没有就此罢休，开始在家翻箱倒柜地寻找什么，终于在衣柜的底层找到了一个用手绢包好的小布包，里面有两千元钱，我想了一下，拿了八百，然后把其他的钱重新包好，压在衣服的最底下。

一不做二不休，虽然我知道那并不是我希望的方式，但是为了我的“范特西”，就算是偷我也要做。这是我第一次偷，但也是唯一一次，我知道这是很严重的行为，但我不想再继续做个弱者。而这笔钱，我迟早是要还回去的。

我把八百元钱塞进兜里，决然地走出家门。

Chapter 3

内心足够强大，才能一往无前

必须要强大

后来我才知道，为什么那天我会受到如此浩大的同学群殴，原来因为那个女孩是我们学校的校花，她叫韩天恩，每个人都以和她说上一句话为荣，就是因为那天她当着所有人的面对我说了不止一句话，还送了我礼物而令全校的男生对我羡慕嫉妒恨，才把我当作众矢之的。

但是，她那般圣洁美丽，而我只是一个像狗一般被欺负的孩子，我怎么可能和她走在一起？我首先要活出个人样儿，才能有资格和她走在一起，沐浴同一片阳光，享受同一种待遇。我必须要强大起来，不再受欺负，让那些欺负我的人都见鬼去吧！

我按照一根电线杆上的小广告地址，走进一家学习散打的拳馆。

“我要学散打。”我把手里的八百元学费交给了教练。

这里面的所有人都没有笑容，脸上充满着一种凶狠的表情。

教练抬头看看我这个弱小的身体：“你刚多大啊，我们这里不收儿童学员。”

“我十六了，你一定要收下我！”我知道，我一旦下定了决心，根本没人能阻拦。

“你吃不了这份苦，他们会打残你的。”教练把学费塞回我手里。

我执拗地又重新把学费塞进教练手里：“你必须收我，你放心，我才不会被他们打死。”

鼓起勇气大声说完这句话之后，我就感觉到无数恶狠狠的目光像箭一般从不同的角落射过来，但我挺了挺腰板，把这些箭都挡了回去。

教练顿了一下，仔细看看我，冷笑：“好，只要你能撑一个星期，我就收下你。”

其实，这并不是一家正规拳馆，它躲在一条破烂不堪的小街的一个不起眼的角落里。教练的拳法也不正规，看起来像是毫无章法地乱打，一帮比我要大个三四岁的孩子混在一起，抽烟、喝酒，训练的时候他们几乎都是在互殴，对手之间的对打也绝不是正常的训练，看上去更像是两个仇人之间的你来我往、拳脚相向。我就这么冷眼旁观着这些像是街头混混一般的队友，每天看他们的出拳和防挡技巧，慢慢偷师。打拳的时候，他们的眼中都充满了仇恨的情绪，似乎不把对方打死誓不罢休。

一开始，我会按照教练的要求和所有人一起晨练跑步，一下子要跑五千米，这对平时几乎没有锻炼过，甚至连体育课都很少上的我来说，简直是天方夜谭。刚刚坚持了一千米，我已经气喘到快断气了，队友们看着我这个体力不支的小个子，脸上挂着嘲笑，跑开了。

“不能被看扁，不能一开始就败下阵来。”我发誓，就算这么跑死了也要坚持。

一天不成就两天，两天不成就三天，到了第四天，我强烈的意志终于战胜了虚弱的体力，虽然我依然还是最后一个跑到终点，晚了别人半小时的人。就在我大汗淋漓地坐在拳击场地大声喘气的时候，教练走过来拍拍我的肩：“小伙子，你留下吧。”虽然我的脸上没有表情，但我心里还是兴奋得笑了出来。

这是我第一次被允许踏进练拳的场地。而要面对的是高出我一头半的郑大个子，一脸横肉凶神恶煞的，我总算也是被打出来的，并不惧怕这种气势，虽然相对郑大个子，我看上去简直就像是即将待宰的羔羊。

郑大个子出拳很猛，我并不知道怎么抵挡，只是蜷缩着身体，避免自己被打伤。挡着脸的时候，拳头就打在肚子上蛮横无理护着肚子的时候，拳头就向脸上袭来……不到一分钟，我就倒在地上，旁边嘲笑声一片，但我还是挣扎着爬起来，又一次不堪地被打倒在地，然后继续爬起来被打，大孩子们在旁边大笑着。

那根本算不上是训练，教练在一旁基本上不说话也不指导，我就像是被当作人肉靶子般拳脚相加。但没关系，今天你们打我，总有一天，我会把这些拳头一拳一拳都还给你们。

因为偷了钱，因为练拳而被打得鼻青脸肿，天黑了我不敢回家，晚上就留在二十四小时开着的麦当劳里过夜。

清晨六点，我就开始跑上五千米。九点，就跑去拳馆训练打沙袋，把那些被打的拳头都还给了沙袋，那个沙袋被打得转来转去。十一点，走进拳馆的队友们都会发现我这个发狠似的小师弟，慢慢地，我开始感觉到他们的眼神的变化。

一个月的时间，我已经知道如何防御，受伤的概率也越来越小。我开始从别人身上学习一些出拳的技巧，拳如何打出去才会更有力度、才会更有速度，脚怎么踢出去才能正中要害，将对方踢倒。虽然我的个子要小得多，但我知道如何将这种劣势变成优势——让对方在轻敌的情况下，将自己的爆发力发挥到极致。

又一次与郑大个子对峙，我积累了很多偷来的经验，学会了尽量躲开郑大个子的出击。几个回合下来，郑大个子已经有些气喘了，出击的频率也低下来，出拳的力度也弱下来。我就看准时机，勾起右脚，飞身起来，一跃而下，正踢中了郑大个子的左腿，他“啊——”了一声，应声落地，挣扎着站起来，明显下盘不稳。郑大个子正在踉跄之际，我又使了一记勾拳，正中他的左脸，郑大个子像个巨塔般倒塌在地上，

一动不动。

我还没醒过神来，一群队友跑上来。当我正准备防御我本以为会一哄而至的暴雨般的拳头的时候，有个大孩子拍拍我的肩膀：“小家伙，好样的。”他脸上竟然有了笑容，这个笑容我看得出来，他是出于真心的。

KO，他们说这叫KO。

郑大个子是拳馆最强的，除了教练，几乎没人能把他KO在地，而我是第一个。

这里和学校不一样，只要你足够强大，他们就会把你当人看。

你不知道那是一种怎样的感觉，让所有人从集体鄙视到簇拥着的感觉，我简直是从久未沐浴阳光、阴冷的枯井底，见到了一道刺眼的阳光，它可能瞬间就把你晒化了。我渴望着这道光已经不知道多久了，那一刻，我感觉身体里从内而外的强大。

那个暑假，我就这么混迹在拳馆之中，和混混队友一起混在一起，像个少年强者。我打心底里觉得自己再也不会像个弱者一样，被人欺负了。和学校不一样的是，我得到了别人的重视，不再像是空气一般存在着，活得很有存在感，很有价值。自从那次KO了郑大个子之后，所有人都几乎天天围着我转，虽然我的个头是拳馆里最小的。甚至，连郑大个子都开始对我另眼看待，教练也都称赞我有散打天赋。

只要我坚持，我就能变得强大。学散打，是我的第一步，我做到了。

那第二步，就是要让所有打在我身上的拳头，都一一还回去。

告诉那些欺负我的人，我不再是弱者。

回到学校的第一件事，就是挑衅。

此时我的眼神已经不是从前唯唯诺诺的躲闪了，换来的是超强的自信。以前都是我躲开别人的眼神，而现在，几乎没人敢和我对视超过一秒钟，哪怕只有那一秒钟，别人都会感觉到我眼中的杀气。

当然，第一个被我挑衅的人就是号称“豹子磊”的史磊。

课堂上，我和这个跟我一样，同样坐在最后一排、同样没有同桌的“豹子磊”就这么对视了一堂课。

一开始，史磊发现了我在盯着他看，他同样恶狠狠地看过来，随即发现了我目光中的敌意蛮横无理史磊竟然下意识地躲开了，但他感觉到那种阴森的敌意并未从自己身上离开，他再看一眼我，我还是在死死地盯着他，一刻都没放过，史磊再度直视我，也想就这么把我的敌意挡回来，却发现这种方式并不是我的对手，他只坚持了两秒钟，这两秒钟犹如一种炙热的煎熬。我发烫的身体告诉我，在我的双眼中，仿佛是一只可怜的小狗瞬间成熟了，长大了，变成了一只让人害怕的孤独的少狼。我看到史磊不由得打了个寒战，再度躲开了我那束可怕的目光。

终于挨到了下课，史磊尿急，迅速飞奔进厕所，他边吹着尿哨边痛快地尿着，还对旁边的同学说：“孙子涵这小子啥时候眼神变得这么狠了，一个暑假怎么练的？”史磊感觉有点不对劲，因为此刻，我就站在他背后。史磊一下子没了尿意。回头一看是我，先是吓了一跳，然后没好气地依然背冲着我：“少来劲啊，是不是身子骨又痒痒了？”然后，他抖了抖下身，并不转身看我，慢慢走到洗手池边洗手。紧接着，他发现厕所里居然只有他和我俩人，史磊壮着胆对我说：“我看你是不是活腻了啊？”我听得出他说出这句话的时候心都虚了，但他的拳头还是不等说完就打了过来。

但是，史磊的拳头还没到达我脸上的那 0.1 秒，我已经一个飞腿踢出，史磊就这么在我眼前活生生地被踢飞了，飞在空中那不到一秒的时间里，他说他看到我的眼睛真的变成了一双少狼般的眼睛。“不，你当时真的变成了一匹小狼！”后来，史磊是这么跟我说的。

我就这么看着史磊那个胖身子稳稳当当地坐在尿池子里，他的眼神已经明显地出卖了他，他不敢相信自己落得这样的下场，等他有了知觉才“啊——”地疼得大叫出声，眼泪已经无法抑制地从他的眼眶喷涌而出。后来，史磊告诉我，他那眼泪不是因为疼痛，而是因为这么多年称王称霸，却被一个毫不起眼的、羸弱如小狗一般的人欺负到如此田地，天地怎能容？“我这辈子都不能忘了当时的感觉！你知道吗？”

我没有就此罢手，依然死死瞪着他：“看你以后还敢不敢再欺负人！”史磊疼到无法回嘴，就让他这么看着我大摇大摆地走出厕所。

我就这么冲破把着门向里看的男生人群走出去。当他们看到坐在尿池子里狼狈不堪的“豹子磊”时，有人惊讶地张大了嘴，有人想笑又不敢笑，过了几秒钟，有人在拍手，瞬间好几个人跟着拍手，然后就是一大群人鼓掌称快。半晌，厕所里才传出一声可以回响在整层楼的怒吼：“浑蛋——”

从那里走出来的一刻，我并没有回头，就那么自顾自地走出去。

我知道所有人都在看着我的背影，我真的好想大声笑出来，但我还是忍住了。

那一刻，我就是在证明自己，真的证明了自己，我是强大的。

谁再来欺负我，我就一个个还回去。

最美的遇见

“孙子涵，你给我站住。”校门口，姐姐子诺叫住了我。

“姐，什么事？”这还是子诺第一次主动叫我的名字，还真有点受宠若惊，我像只受惊的小鹿慢慢靠近子诺。

“你必须告诉我，这个暑假你都跑哪儿去了？”子诺的眼神里有一种与生俱来的关切，“你知不知道你爸和你妈来问过我好多回了！”

一听到子诺是为了这个事情来质问我，还拿出两大黄金招牌来压我，我就开始没了和气：“要你管！”

“我才懒得管你，我就想告诉你，下次你离家出走，最好告诉他们一声，省得他们又来找我麻烦。”子诺的眼神立马从关切变成了傲慢，“你真是个大麻烦！你的事情以后最好不要牵扯到我，听到没有？”

“我又没让他们去找你。”我也收起了受宠若惊的情绪，换成了倔强。

“好，以后我俩井水不犯河水，你也别管叫我姐，寒碜！”子诺讲完这句话，头也不回地走掉了。

就那么看着子诺走掉，我感觉最后一丝温暖的关怀都悄悄溜掉了，一下子天都黑了。

校门口，一堆人在看热闹。我转过身，恶狠狠地看了他们一圈，拳头攥得紧紧的，嗓子里低沉地发出一声“滚——”，一群人望着天灰溜溜地走掉了。

突然，一道微光从人群中照过来，我发现了站在对面的天恩，她还呆呆地站在原地一动不动。我从天恩的眼神中看到了她从前不曾流露过的眼神，很复杂，当时的我还读不懂。

“天恩，你好。”一时间，我不知道说什么好，下意识收敛了暴戾的目光，恢复了曾经受惊般的小鹿眼神。

那一刻，我感觉到除了我俩，再没有别人的存在，就像是站在一个转盘上的两个人，天旋地转地回旋在一个鸟语花香的童话世界里，耳畔响起了优美的旋律，对！就是周杰伦的《安静》：“我想你已表现得非常明白 / 我懂我也知道 / 你没有舍不得……”

“你，变了！”音乐戛然而止，当天恩说出这句话的时候，我不知道这句话应该怎么样理解。在天恩的眼神中，情绪很复杂，似乎有期盼，似乎有恐惧，似乎有关切，但都是稍纵即逝，昙花一般地闪现了那么一小下，就不见了，然后似乎是一种失望。

不，不会是失望。因为，你才是我的希望。

不是因为你，我也不会变得强大起来。

我就这么看着天恩转身离开了，默默地、静静地离开，耳边依然是《安静》的旋律："只剩下钢琴陪我谈了一天 / 睡着的大提琴 / 安静的旧旧的……"

那一束光倏地不见了。

我看着天恩的背影消失在黑暗之中，渐渐地，消失不见。

青鹿，好久不见的青鹿。我几乎忘记了你的存在。

可你怎么站得那么远，这段时间你去了哪里？

在遥远的灰暗角落里，长大的青鹿冷静而幽然地站在那边，望向孑然一身的我，两双眼睛互相望了良久。然后青鹿倔强地转身离开，缓缓地走向天恩消失的方向。

我飞奔回家，翻箱倒柜地找出了那支口琴，那支皮耶尔大家伙留给我的口琴。用布擦了擦琴上的灰，甩了甩琴口的土，然后随便吹了几下，几乎不成调。我把口琴揣进口袋，出了门。

突然很想表达什么，有一些旋律响在耳边，虽然很像是《范特西》的曲调，但无所谓，我就是想要表达，想用音乐表达。

我最后还是敲响了大罗的门。

"孙子涵，怎么是你？"皮耶尔大家伙似的笑容依然挂在大罗的脸上。

“大罗，我想跟你学音乐，我想写首歌。”

“你想写歌？”大罗用疑问似的方式重复着我的话，眼中有光闪现。

“嗯，你能教我吗？”我眼中也闪着光，是一种如饥似渴的期待。

“好啊，但我只能试试看。”大罗也开始跃跃欲试。

我们俩就这么泡在大罗宿舍里一整个下午，大罗弹吉他，我吹口琴，从最基本的乐理知识开始，音调也从不和谐慢慢变得有那么一点点动听了。

我还记得那个下午，很飘忽的时间。

有那么一刻，我又回到了意大利的小镇，空气温湿，阳光暧昧，并有优美的音乐相伴，大罗变成了皮耶尔大家伙，我吹口琴时好时坏，好的时候他就摸摸我的头，不好的时候他就皱皱眉，变成皮耶尔的大罗很会弹吉他，很多优美的旋律都从他的手中流出来。

“大罗，你会弹《蜗牛》吗？”

“我试试啊。”大罗开始弹出我再熟悉不过的旋律，然后我开始跟着吉他声唱出来：“我要一步一步往上爬 / 等待阳光静静看着它的脸 / 小小的天有大大的梦想 / 重重的壳挂着轻轻的仰望……”

从前在音乐课上，都是一个班一起合唱，大罗也从来没有听过我这样一个人唱过，他把吉他声放轻，仔细聆听着我的歌声，后来索性不再弹吉他，就这么让我清唱。其实，我当时并没感觉到大罗停了吉他，就这么自顾自地忘情地唱着《蜗牛》。

大罗看着我边唱边有泪光闪烁，直到我唱完，然后拍拍我的肩：“子涵，你知道吗？你唱得真的特别好，你是我教的所有学生里，唱得最动听，最有感情和节奏感的一个孩子。”

我从没有听到过别人的赞美，这是第一次。

大罗的情绪也有点激动：“你来我的合唱团当领唱怎么样？”

“我真的可以领唱吗？”我几乎不敢相信自己的耳朵，“可我是个差生啊！”

“在我这里，没有好学生和坏学生之分。你有一副好嗓子，又特别知道怎么用感情唱歌，在我这里，这就是好学生。”大罗十分激动，“知道吗？我感觉你就是上天赐给我的一个礼物。”

我激动地顿了顿：“大罗，我只想写一首歌，就像是《蜗牛》一样的，可以打动我的歌，我也希望这首歌能打动别人。”

“那你为什么想写歌？”大罗教音乐的时间并不长，也从未见过一个初中生有这样强烈的欲望，连自己小时候都从未有过这样的想法。

我为什么写歌？这个问题难倒了我。

就像是一个人在黑暗中待久了，你以为已经习惯了独处的黑暗，突然有一束光照进来，然后就发现原来一个人的世界还是可以有光的，当你顺着光走过去，却发现这束光是那么微弱，然后慢慢地消失不见。

我要留下这束光，这种难得的温暖感觉。

我要写歌，用这种方式记录，记录下那种被光照着的感觉。记录好这份感觉，我才能时刻感受到这份温暖，至少让我还记得，那份曾经光顾过我的温暖。

“因为……因为有人让我感动过，我要记录下这种感觉。嗯，这就是我的答案。”我笃定地回答。

大罗看着我:“好,从今天起,我们从基础练起来。但你要答应我,别辜负了你的梦想，不能半途而废。”

我心花怒放地使劲地点点头。

我的好兄弟

有时候，我的梦里，会出现儿时在意大利小镇上的那个总是喜欢和我一起睡在小树林的印度小伙伴，那时候我俩朝夕相处，他应该算是我的一个好朋友，但那时候我们还不知道什么叫作“朋友”，有时候我们会拉着小手躺在树叶软床上看着天上的白云飘，不管阳光多刺眼都会盯着看很久，直到眼花，然后晒晕了，就跟着睡着了。

那对我来说，是最初的友谊，有个年纪相仿的小伙伴，实在是一件奢侈的事情。

后来，就再也没有了。

在我打败史磊之后的好几天，几乎没有人敢在校门口堵我了，但我依然很孤独，那种无敌的孤独感依然驱不散。

我还是一个人默默走在回家的路上，但我知道，有个人在身后不远处跟着我，但我以前就没怕过，现在就更不会害怕了。

走到一个转弯处，我停下了脚步，身后的人也就停下来。

我转过身看过去:“谁，跟着我干什么？”

人影从躲着的树后面露出半个身子，原来是史磊。

“你想单挑，是吗？来啊！”我看清了史磊的脸，知道他是来报那一脚之仇的。

“我今天来……不是跟你打架的。”他的声音有点胆怯。

我对他冷笑了一下,你也有今天啊？原来的他可是“豹子磊”啊，“不想打我？那你想做什么？”

“我……你别笑我，我……”史磊慢慢靠近我。

“你想偷袭？”我的拳头已经举到空中。

“别，我今天真不想打架。”史磊用手挡住头，半蹲在原地，“我想让你教我，那一脚怎么踢出来的，那天我就不明白你怎么那么快地踢出那一脚，我怎么就莫名其妙地坐在尿池子里了。”

看到他的衰样，我突然由衷地生出一种悲哀感，放下了拳头。

那一刻，我似乎看到了曾经的自己，是多么悲哀。

我以为我把曾经受到的屈辱还回去，心里会很爽。但那一刻，我并没有觉得有一种胜利的感觉，反而有一种想哭的欲望。

“就是让你知道欺负人的下场，以后你再欺负人，就想想那一脚。那是给你的教训。”我还是忍住了心中的悲哀感，居高临下地教训了史磊一句。

史磊仰视着我，他不知道是什么让我从一个虚弱少年变成了今天的少年强，从未感受过屈辱感的史磊一直想弄明白这一切，他想还是应该从那致命的一脚开始。

我讲完那句话转身走掉了，但他还是穷追不舍。

“别再跟着我，我不会教你的。”这次我并没有回头看他。

“兄弟,求你教教我吧。”史磊几乎用了平生都不会用的“求”字。

就是那句话，我突然好像被震了一下，站定了脚步，一动不动地背对着史磊。

“兄弟”，我应该没有听错，他是这么讲出了这个词。

“你刚才叫我什么？”其实我听清楚了史磊的每个字，但还是要确定他确实讲出了那个词，“你再说一遍。”

史磊愣住了:“我，我说，求你教教我。”

“不是，是前面那个称呼，你刚才叫我什么？”我就是要再听一遍那个词。

“我是叫你‘兄弟’，怎么了？”史磊几乎被问傻了。

我顿了顿，然后缓缓地回了头，直视着史磊的眼睛。我知道，此刻我的眼睛里有一种柔软的东西，不是那种被欺负时候的哀求，也不是女生眼中的温柔，然后眼睛里开始流出液体……

史磊不知道怎么回事:“兄弟，你咋啦？我说错啥了吗？你别这样，我不求你教我了，我不学了。你别哭啊……”

史磊见别人哭见惯了，他妈恨他不好好学习就知道欺负人的眼泪，被他欺负的小孩害怕的眼泪，被他又训又打的小弟委屈的眼泪，老师被他的蛮横无理弄得气急败坏的眼泪……但那一刻，我这两行突如其来的眼泪却让他不知所措，要知道，被史磊欺负的时候，我被打到鼻青脸肿的时候都从没有掉过一滴眼泪。我也不知道这是怎么了。

“兄弟，你别哭啊，我这就走，你不待见我，我再也不出现在你眼前，我马上消失。”史磊已经被弄得语无伦次了，转身就要走。

我眼泪婆娑地看着史磊走了几步，大喊了一声：“周六上午十一点，吉林街茂林拳馆。”

史磊怔在原地，仔细地记下来时间和地点，脸上露出了笑容，回头向我望了一眼。其实，我就躲在拐角，看着史磊的影子消失在远处，脸上的眼泪慢慢地爬向嘴角，干掉了。

我记得，印度小伙伴抹干我嘴角的口水，两个小兄弟大笑大叫，拉着小手奔跑在沐浴着阳光的小树林里，童真的笑声在树林里回荡着。那一刻这一幕一直在我脑海中回旋。

周六上午十一点，吉林街巷子口。史磊带着三五个小混混样子的男孩正在密谋着。

“你们就待在这儿，我不出来叫你们，你们谁都不准进去，听到没？”史磊吩咐着那些小混混，他们很听史磊的话，乖乖地在巷子口守着。

史磊一个人战战兢兢地走进巷子，巷子尽头有个不起眼的破旧招牌，上面写着“茂林拳馆”，他硬着头皮走进去。拳馆里充满着杀气十足的练拳的叫喊声，所有人充满敌意的眼神都射向这个小白胖子的身上。史磊每走一步都鼓足了十二分的勇气，这个曾经在学校称王称霸的“豹子磊”，在这里简直就像一只受惊的小猫，从前那点霸气已经荡然无存了。

在练拳场地，史磊看到我威风凛凛地站在里头，一束阳光从高窗照进来，正好映出我的侧面，当然我的一拳一脚都特别像样。史磊终于一下子明白了一切，我这个曾经被欺负到不认识家的小家伙就是在这样的环境下一下子变成了杀气十足的强者。

我看到史磊站在下面，朝他点了一下头，继续练拳。

这个不是那天泪流满面的无助小孩，绝对不是——史磊不敢相信自己的眼睛。他就这么真真切切地看着我的每一招每一式，虽然看不出任何门道，但他看得出，我的每一下都打得力道十足，对面的沙袋简直就像是仇人一般，被打得晃来晃去。“你都不知道，当时我就觉得我就是你对面的沙袋，浑身不自在，甚至都快休克了！”后来的史磊这么告诉我他第一次看到我练拳时候的感觉，也是把我逗笑了。

大概过了一小时的时间，我才大汗淋漓地从练拳的场地走出来，一边擦汗一边看着史磊，但我没有马上跟他说话，让史磊有点发毛。

“你一个暑假都待在这儿？”史磊怯生生地问我。

“嗯。”我的轻描淡写在史磊的耳朵里有一种莫名的威严。

“你就跟这些大个子练拳，就让他们打你？”史磊有点不敢相信，和自己一样高却精瘦的我能受得了这样的磨难。

“嗯。先让他们打，然后再打赢他们。”我记得当时的回答有一种优越感，但依然是轻描淡写、掷地有声。

“小胖子，你是子涵的小同学？”郑大个子走过来拍了一下史磊的肩。

“哎哟，疼，疼……”史磊几乎被拍晕了，看着眼前这个连笑都是凶相的郑大个子。以前净打人了，已经好久没有受到这么重的一拍了，那种疼的滋味有点爽，但却是钻心的疼。

“瞧你这体格，应该不是子涵的对手吧。哈哈哈。”郑大个子的笑声都响亮得震人。

“以前他可不是我的对手。”史磊还是要嘴硬，虽然心虚。

“我告诉你啊，这拳馆里没有人是我的对手，除了子涵，不过要不是我那次根本没把他放在眼里，子涵也未必能赢那一场。”郑大个子说着，看看旁边正在擦汗的我。

史磊也跟着看向我，那一刻的我不再是个甘受欺负的小孩，瞬间变成了一个被人崇拜的少年英雄一般站在那儿，这可不是我说的，是史磊说的。史磊从来没有崇拜过什么人，但那一刻，他做了个决定。

“兄弟，以后我石头就跟你混了。你教我拳法，我的兄弟就是你的兄弟，他们必须都听你的，成不成？”史磊很少让人知道他的小名，但对我，他已经把自己的底儿都交了。

我想了一下，笃定地说：“我可以做你的兄弟，但我不要什么兄弟。只要你以后别再带着他们欺负人，除非有人欺负你。”

“成，好兄弟，就这么说定了。”史磊笑起来，就像是第一次上音乐课的时候那么憨厚可爱。无论如何，我就认定了他的友善，是不是因为他的那句“兄弟”呢？我不确定，但我就这么有了他这个出生入死的好兄弟。

我和史磊一前一后走到巷子口，史磊恢复霸气，对着守在巷子口的一帮兄弟们说：“从今天起，孙子涵就是我们的好兄弟，以后他说什么，我们就做什么，你们都给我记清楚了。”

一帮小混混全傻眼了，本来以为今天是来打架的，看到“豹子磊”对我如此毕恭毕敬的，还有这么一番训话，原本的士气完全掉地上摔碎了。他们看看史磊，又看看我，傻傻的不明所以。

“听到没有啊，你们？”史磊大声提醒着，“听到就照做！”

“是，老大。”小混混们不情愿地应声附和。

我受宠若惊地被这一幕震撼到，从前我可没受到过如此礼遇，更不知道怎么应对这样的场景，但是看到他们将信将疑又略带有崇拜的眼神，我心里的满足感不由得散了满地。

小混混们背后有一个影子，像一阵风一样飞奔而过，并未做一刻的停留，稍纵即逝。

但是我看清楚了，是青鹿，但这一次我甚至看不到它的样子，就像和它之间从未相识过。

又一次迷失

最后一排，两个没有同桌的男生成了同桌，我们上课一块儿趴桌上睡觉，放学之后两人一块儿跑出校门，然后校门口一堆坏学生和小混混跟在后头。

有时候，史磊碰上一两个眼神不友好的好学生，就会迎上去挑衅："看什么？身上哪块肉又痒痒啦？"

"石头，别欺负人。"我总是会上去制止。

"看我兄弟的面子，今天你算是走运了，还不赶紧滚蛋？"史磊轰走了好学生，又来给我赔笑脸。

第一次走进石头的家，我真的惊呆了。他的家简直就是个贫民窟，要说小学时我家住得那叫惨不忍睹，石头的家就要比那个家还要差上几十倍。

"这是我妈。"石头把我介绍给他妈妈，"妈，这是我最好的兄弟孙子涵。"

"阿姨。"石头妈憨憨傻傻地对我笑了笑，摸摸我的头，"娃，乖哟。"

"别用你那手摸人家，看你那手脏的。"石头用一条毛巾擦了擦我的脸，又擦擦他妈妈的手。我看到石头妈的手的确很脏，还很粗糙。

"娃，乖哟。"石头妈又摸摸石头的头，石头躲开了，"哎，行了。

妈，给你买了馒头，一会儿夹着猪头肉吃吧。”

“乖哟，娃。”石头妈自己擦擦手，拿了馒头和猪头肉走到一个角落去了。

这间平房透不进阳光，整日开着一盏并不亮的灯，房间里破旧不堪，但却有种乱中有序的整洁，地上很多旧布鞋破皮鞋，但都很有序地排列着。

石头拉着我走到门口，左右各有一个石墩，我坐在上面，屁股有些冰凉。

石头递给我一个夹了猪头肉的馒头，“兄弟，今天我们算是有肉吃啊，凑合吃吧。”

我还真饿了，大口咬着夹猪头肉的馒头，看到石头吃得比我还香，心里竟然生出一种怜惜：“你妈……”

“我妈修鞋养活我，但她这儿有点毛病，”石头指着脑袋说，“她就是说不出来，我知道她对我好，让我好好上学，可你也知道，我就不是那块料。”

“你爸呢？”

“我就从来没见过他。”石头边吃边没头没脑地回答着。

我一直觉得，我就是这世界上最悲惨的孩子，再也没人比我还惨。但就在那一刻，我发现在这个世界上，其实并不只是我一个人，石头就是那个早在这个世界里等着我的另一个人。至少，现在这个世界里，我不仅仅只有自己一个人了。

“你上学之后，有老师喜欢过你吗？”这是我的“人生第一大谜题”，这回终于有机会成为活在同一个世界的另一个人的问题。

“他们为什么喜欢我？我生来就不是招人待见的孩子，除了我妈就没人喜欢我，老师就甭提了。”石头的语气特别地不在乎，但我还是听出了他心里想要在乎的潜台词。

“就因为我没爸爸，我妈脑子不好使，我就应受欺负、我就必须是坏小孩吗？成啊，你们不是都把我当坏小孩吗？我就给你们好好当一个看看，坏小孩也要有坏小孩的样儿不是？丢了东西就说是我偷的，成，我就偷给你看蛮横无理有孩子受欺负了就说是我打的，好，我就天天打你。成了吧？我还就不让你们冤枉我了，我就是坏小孩、坏学生、小混混……”石头似乎将憋着一辈子的烦闷都一股脑儿地讲给我听。

“石头，你觉得欺负人爽吗？”这是我的另一个“人生谜题”。

“爽啊！专打那些不长眼、不顺眼的。只有欺负人的时候我才被人在乎、被人重视，一开始，我就一个人，时间长了，他们都怕了我，就跟着我了，后来也就用不着我动手了。”

“初一开学那会儿，你为什么打我，不打别人去？”

“那会儿啊，就看你不顺眼啊！也不知道是你身上哪来一股邪劲儿，我当时就是想揍你，你越软越不还手我越想揍你，越揍还越爽。直到你踢我那一脚，直接把我踢懵了，本来想还手来的，又怕打不过你，嘿嘿。后来，我就越看你越顺眼，简直就是我兄弟。我没有兄弟，以后就当你是我的亲兄弟啦。”

“你不是有那么多兄弟吗？”

“那些都是狗屁兄弟，他们那是怕我，他们想明白了，不跟我混就只有挨打的份儿了，哈哈。你不一样，我可当你是我真的兄弟啊，我是留级下来的，你自然是我兄弟啦。我说不好，反正现在就觉得你跟我特亲，就跟你一块儿时候话多，都快成话痨了，哈哈哈。”

就喜欢石头这股憨厚亲切劲儿，我把最后一口馒头塞进嘴里。

“娃啊，乖哟！”石头妈走出来，又塞给石头一个馒头。

“妈，你吃吧，我吃饱了。”石头说着把馒头塞进他妈的嘴里，我看石头娘俩憨憨地笑，也跟着笑起来了。

人都有两面性——你不了解他的时候，他可能对你充满敌意蛮横无理当他把你当亲人看了，那他就会跟你亲切地掏心掏肺了。

“石头，你是个好人。”我默念着。

“你说啥？”石头问。

突然看到青鹿从遥远的巷子口飞奔而过，我站起身蹿出去，石头大喊：“兄弟，你干什么去？”

我大喊着：“鹿，我的鹿。”

石头已经追不上我了，嘴里还在叨念着：“真神经了，这地方哪儿来的鹿啊。”

那时候，我的生活里只有这几件事：上学放学，就是为了和石头混在一起，只有和他在一起，我才感觉到我的存在蛮横无理假期，我就混在拳馆，我已经疯狂地迷上了拳击和散打，没有什么可以替代它们在我心里的位置。

在学校里，我和石头成了无话不说的好兄弟，也成了别人眼里的小霸王,他们都叫我们是“狼人涵”和“豹子磊”,不知道什么时候，所有人几乎是躲着我们走，甚至不敢正视我们一眼，而我身边除了石头，还有着越来越多的“兄弟”，其中谁要是受了欺负，我们就痛痛快快地打一场，慢慢地我也会觉得很爽，就好像热得不透风的炎夏时节突然吹来一股凉风。

这是我需要的存在感，虽然我知道这样并不是太好，但既然我已经是老师们眼中的差生，就只能注定自己改变命运——差生不能起内讧，我们要成为一个强大的团体。

我们的势力似乎是越来越大，附近学校的差生之间都会有我们的名字挂着号，甚至会有人来跟我们单挑。当然，他们的单挑对象自然是我这个“狼人涵”，但每一次我都不会让兄弟们失望，一次又一次的 KO 让我成了那一带远近闻名的“KO 新人王”，就算我一个人走在大街上，都会有人来挑衅，而我每次都让他们挫败而归。

这种满足感让我越来越强大，我已经忘了什么叫作胆怯和弱小，每天都是飘在空中的，脚都是离地三尺在走路。但我只有一个原则，我绝不会欺负比我们弱小的人，我对石头和兄弟们也这么说，他们也都听我的。

说真的，这真令我着迷，让我觉得我拥有了一切，这就是我的全部。即使在大人看来，我就是个坏透了的家伙。好吧，就像是石头说的那样，“坏就要坏出个样子来。”

后来我才知道，那段时光我几乎已经迷失了曾经的自己，我不知道为什么去学打拳蛮横无理我几乎已经忘记了我做这件事情的初衷，沉浸在那个不是一个人的世界里；我几乎忘记了思考，忘记了最初的梦想。

放学了，我出了校门口，石头递过来一根烟：“兄弟，好东西，尝尝！”

石头的嘴上已经叼了一根，开始并不熟练地喷云吐雾。我迟疑地接过来，看着所有人都在校门口挑衅似的抽着烟。石头把火柴划着举在我眼前，但我还在迟疑是否要点着这根烟。

突然走过来一个人，狠狠地打掉少年涵手里的烟：“孙子涵！”我定睛一看，原来是大罗，他这回没了皮耶尔大家伙的微笑，换成了一张包公似的黑脸：“孙子涵，我告诉你，你要是抽了烟，以后就休想再跟我学写歌。”

然后对着石头说：“你们这帮孩子能学点好吗？”

石头捡起那根掉在地上的烟又塞回到我手里，瞪着眼睛缓缓地对大罗说：“抽烟，就不学好！那天我就看见你抽烟了，你也不咋地啊！”

“我抽烟是因为我是成年人，你们才上初中。”大罗说。

“就是看我们不顺眼呗，我们干什么你们都看不顺眼，在你们眼里我们就是没救的坏孩子呗！”一群混混兄弟也跟着起哄，还悄悄围过来。

“在我这里，别人说好坏都没用。无论怎样，但你们自己首先要看得起自己，不能先自暴自弃，自己看不起自己！”大罗看见人群围过来，眼神中似乎有点怯，但言语上并没退缩的意思。

我一直没说话，但就在这时我突然低声但很有力地对所有人说：“这是我和他的事，你们都散开。”

石头和兄弟们都有点奇怪，要是别人，可能早就成了群殴的对象了，换了大罗，虽然这么“出言不逊”，但情况咋就变了呢？他有什么特殊的？

石头有点生气地对我说：“子涵，你什么意思？”

我发狠地瞪着石头，提高声调：“我说了，这是我和他的事，没你们的事。”

石头欲言又止，最后只好悻悻地带着兄弟们走掉了。

大罗的额头上渗出了几滴汗珠，但还是盯着我说：“我还是那句话，今天你要是抽了烟，从今以后，就别想再来找我。”

我面无表情地盯着大罗：“我答应你，这辈子，我绝不抽烟！”

“好，我会记得你这句话！希望你能遵守你的诺言。”大罗转身走了，几步开外，他又对我说，“孙子涵，我只是来告诉你，我的合唱团开始第一次活动，你想清楚就来找我，机会只有一次，希望你别让我失望。”

我冷冷地看着大罗走后，把那根烟扔在地上，用脚狠狠地碾碎，一阵风把烟吹散了。

天给的恩赐

第二天的午饭时间，我把自己饭盒里的一条鸡腿放进石头的饭盒里，石头又把鸡腿扔回到我的饭盒里，自己啃着馒头就咸菜。

我又把鸡腿夹给石头："给你加点肉。"

"用不着，我就爱吃咸菜，不爱吃鸡腿。"石头生气的样子挺逗乐的。

"别绷着了，多大点事啊！"我被石头的样子逗笑了，"兄弟就要有肉同享不是吗？"

"那你把那条鸡腿也给我，我这么胖，一条腿不够吃。"

"成，都给你，都给你！"兄弟俩就这么简单地讲和了。

在水房刷洗饭盒的时候，石头还是忍不住问："那天那个姓罗的家伙那么说话，你为什么拦着我们啊？真憋不住火。"

"我是想跟他学写歌，不能得罪他。再说，他说的也没啥错，在校门口抽烟，的确有点太嚣张了。"

"好吧，好吧。以后我抽我的，我不能让你学坏了，就让你当差生里的好人得了呗！"石头的单纯真不是一般的，"哎？你要写歌，你还有这能耐？你给谁写歌啊？"

我笑了笑，才不能告诉他。

“跟我还卖关子？你那点事我都知道，不就是那谁吗？没看出来，我兄弟还挺浪——，以后不叫你‘狼人涵’啦，叫‘浪人涵’得了，浪漫的浪。嘿嘿。”

“你才浪，你才浪，哈哈。”我把水撩到石头身上，石头大笑着向外跑。

天恩迎面走进来，差点撞上石头，石头矫捷地躲开，回头看了一眼我，吐了下舌头，“有好事儿啊兄弟，先撤啦！”然后又向天恩挥了挥手。

天恩稍微皱了皱眉头，才看见只有我一个人手足无措地站在水房里。

感觉以前从没认识过她似的，她的眉眼竟是那么好看，纯洁得一尘不染，就像是金庸小说里的小龙女，但又没有那么冷漠蛮横无理或者是黄蓉，但又过于俏皮了蛮横无理不然就是“神仙姐姐”王语嫣，但又没有她那么羸弱。她的好看不是圣洁的，却真实得让人无法靠近蛮横无理她的美来自她的和善待人，就像她第一次摸我的头一样，关切静好的眼神大过天。

突然，我真想找个洞钻进去。我是那么渺小，即使我曾经想过做她的杨过、郭靖、段誉，但瞬间我觉得他们都从我的身体中一个个幻影移形般地迅速抽离。我从幻想回到现实，我真的觉得有点自惭形秽，和她站在一起是那么不般配，即使我不再是那个被欺负的弱小孩，但距离能和她站在一起的资格，依然有那么大的一段，近在咫尺，却咫尺天涯。

天恩对着我点点头，而纠结症又犯了的我竟然被不听话的腿带着走出了水房，作孽啊！我知道身后的天恩就那么僵在那边。

“当时的你到底在躲什么啊？你还是那个在教室里独自流泪、爱听周杰伦的男生吗？”天恩后来就这么问过我，“后来，我就对自己说，随他去吧！反正对别人好又不是非要有回报的。”其实，当时的我真的完全是懵着走出水房的。

但真没人知道，当时走出水房的我还是忍不住躲在水房外的拐角处，偷偷等着天恩重新出现，哪怕是再看她的背影一眼也好。过了一会儿，天恩从水房走出来，朝着我的反方向走去，她的背影还是那么好看，我看着直发呆，但却连一点走上去的勇气都没有。

“韩天恩，你的勺子。”一个高大帅气的男生从水房走出来追上去。

天恩回了头，接过勺子，对男生笑了一下，两人并肩走了。

看着两个好看的人走在一起，我突然觉得很安心。

我凭什么和她走在一起呢？只有成绩好、样子帅的好学生才配得上和她走在一起，我到底又算什么呢？从前我是被人欺负的差生，现在是只知道打架的坏孩子，不学无术的小混混，她见到我的时候，不是哭得稀里哗啦，就是被打得落花流水，要不就是聚众斗殴的“狼人涵”，哪一点她会看得上，坏学生永远是不可能跟好学生走在一起的！

孙子涵，你就别痴心妄想了。

可是，我只想天恩能再多和我说上哪怕是一句话。

就像她的名字，天恩，她就是上天赐给我的恩典。

那天夜里，我又一次失眠了。

睡在黑暗的房间里，看着头顶上的天花板，脑子里像是过电影一样。

我本以为没有奶奶，上天就给了我一个芭娜奶奶，那么疼我的一个人，就那么悄无声息地消失在我的生命中，上天是怜悯我还是捉弄我？

皮耶尔大家伙就那么闯进我的生命，是他让我知道音乐是多么美妙的东西，但还没等他教会我，就对我放开手走了。老天，你是又一次捉弄我吗？

好不容易有个美得像天使一样的女孩对我好，却让我天生就配不上她，想和她多说一句话的勇气都不给我。老天，你还是要捉弄我到什么时候呢？

我翻了个身，月光从窗帘的缝隙透进房间，让房间显得平静却清冷。

迷蒙之间，我感觉到房间的角落有一双眼睛盯着我："鹿，是你吗？"青鹿挪出身影。我跳下床缓缓靠近青鹿，青鹿退了两步，我俩似乎多了一份陌生的感觉，站在青鹿面前的我伸出手："鹿，你回来了。对不起，这阵子我忽略了你，但你别走好吗？求你别走。"

青鹿直视着我的眼睛，就是那么几秒钟，像是过了一个世纪。

青鹿还是走近了两步，用鼻子亲近着我的手，它的呼吸温暖着我的手，这是久违了熟悉的陌生温度，"你别离开我啊，没有你，我不知道怎么办？"

我顺势坐在地上，轻抚着青鹿的脖子蛮横无理青鹿也就卧倒在地上，嘴里低声呜咽着，似乎在诉说着什么。我们一人一鹿就这么依偎着，在平静却清冷的房间里，相互取暖。

突然，有一道光从窗外射进房间。我打开窗帘，楼下的草坪上，有一棵长满了果实的树被一束光照得格外耀眼，刺得我睁不开双眼。

青鹿一路飞奔到树下，我也就跟着它跑到树下。树下很多熟透的果实，捡起一颗果实就看到上面的一个音符，原来每个果实上面都有一个音符，它们有大有小，很有节奏感地出现在我的怀里。

我顺着光照的方向看过去，光从我房间的窗户照出来。我提着一大袋带着音符的果实重新闯进房间寻找光源时，皮耶尔大家伙的口琴正在发散着奇异的光亮。

我突然茅塞顿开，按照果实上的音符一个个用口琴吹出来，竟然是一首十分动听的歌，虽然节奏是那么青涩稚嫩。

青鹿在身边仰着头看着我，聆听着这美妙的音乐，就像是我童年时听着皮耶尔大家伙第一次吹口琴的场景一般温暖而美妙，而皮耶尔的脸慢慢变成了大罗亲切的样子。我反复吹着这首曲子，不厌其烦地吹了一遍又一遍，我要吹给全世界的人，让全世界都能听到。

不知道什么时候，青鹿嘴里叼来一只铜铃，轻轻摇了几下，我并没注意到，还在聚精会神地吹口琴，青鹿就再一次摇铃。

音乐声被打断了，我回头看到窗口已经大亮。再回头时，青鹿不见了，床边的闹铃一直在响，我从床上坐起来，按停了闹铃，下床拉开窗帘，旭日东升，口琴好好地躺在桌子上。

出神地看了一分钟日出的我，坐在窗前，拿出本子，仔细认真地把刚才那段美妙的旋律写了下来。

在你最失落的时候，老天似乎也会给你一次恩赐。

那首歌就这么出现了，这是我平生第一首歌，送给我自己，也送给老天曾给我的每一次恩赐。我不会再发牢骚，就算我曾经把它们当作是一次又一次老天对我的捉弄。

参加合唱团

那天下午，我如约地敲响了大罗宿舍的门。

打开门的大罗看见我，眼睛里闪着光："我就知道你会来，你会回来找我。"

合唱团这件事对于我来说，绝对是个新鲜的事情。

我就这么规规矩矩地随着大罗走进了学校的大音乐教室，里面有二三十个男女学生，他们都在教室里练声，但他们似乎都是好学生的模样，没有一个是混在我和石头之间的差生兄弟。这份新奇的神秘感又在我身上蒙上了一层莫名的灰。

学生们看见大罗走进教室就都安静下来，大罗对所有人说：“我给大家介绍一个我们的新团员，这是初二（3）班的孙子涵同学，大家欢迎。”

看到是我，所有人的脸上都露出了极度惊讶的表情。我环视着他们奇怪的表情，我甚至在人群中看到了姐姐子诺，她脸上的表情除了惊讶，还有一种说不出来的复杂情绪。

大罗似乎看到了大家的内心，收敛了一些笑容：“在合唱团里，我不希望大家带有其他的情绪，这里是我们的地盘，我就是希望你们能纯粹地沉浸在音乐之中，只希望你们享受其中，不要存有其他任何杂念，好吗？”他又低头看看我，示意我走到大家之中：“来，我们今天练习合唱《相亲相爱》。”

大罗轻轻地捏了一下还没走进大家之中的我的肩膀，他的眼神似乎在说：“你要相信自己。”然后向我微微点点头。我也对着他点了一下头，迟疑了一下，还是走进了大家之中。

“因为我们是一家人 / 相亲相爱的一家人 / 有缘才能相聚 / 有心才会珍惜 / 何必让满天乌云遮住眼睛……”伴着大罗的钢琴声，大家开始合唱。

我第一次混在这么多好学生之中，跟着他们一起做着同一件事情，心里有一种莫名的兴奋，声音也显得格外洪亮，有点出格的洪亮。

大罗停下琴声：“孙子涵，你的声音可以放得轻一些。合唱是要大家的声音在一起比较和谐，不会突出谁的声音，大家的声音加在一起才是最和谐的一个整体。”

虽然是从亲切的大罗嘴里说出来，但我听起来，还是显得稍微有点刺耳。我下意识看看周围，有几双瞪圆的眼睛正在盯着我看，我按捺了一下自己差生的坏情绪，毕竟这是上学以来，我最有热情也最想做的事情，一定要做好，即使别人都不看好我。第二次练习，我放轻了自己的声音，合唱也显得温柔了许多。

第一次合唱团练习进行得很顺畅，大罗拍拍我的肩:“合唱团每周二四六下午训练，以后别迟到啊。”然后笑着走掉了。

我收拾东西正准备离开，子诺走过来，拉着我走出教室门口:“你怎么会出现在这里？”她一脸疑惑地看着我。

“我为什么不能出现在这里？”我真的觉得她有点莫名其妙。

“你看到他们的眼神了吗？”子诺的眼神似乎很不友好。合唱团的团员纷纷走出来，用很奇怪的眼神看着我们这对小姐弟。

“看到了又怎样？他们可以唱歌，我就不能唱吗？”我原本还有点想挤进好学生行列的心虚情绪开始被差生的坏情绪占了上风，“我就不明白，他们嫌弃我个啥？”

“在这里，你就是个不和谐因素。”子诺还是把从她看见我走进音乐教室的那一刻就想说的话说出了口。

“我怎么就不和谐了？大罗叫我轻声唱，我不是照做了吗？”我的声调越来越大。

子诺拉了下我，意思是让我小声点："我不是说唱歌你不和谐！"

"我明白了，你们都是好学生，就我一个是差生，你们看不起呗！"我开始有点怒了。

"我可没这么说过。"子诺看我喊，也开始生气。

"你就是死性不改。你看看你现在都成什么样了？一天到晚就知道和那帮小混混打架斗殴、抽烟喝酒，你和那些欺负人的坏蛋有什么两样？"子诺对我有点恨铁不成钢的口气。

"你有什么资格骂我兄弟？你凭什么？"我一听到她这话，气就不打一处来。

"奶奶说你说得一点没错，你不仅是个扫把星，还是块扶不上墙的烂泥。"

"烂泥又怎样？我还不是活得好好的。我告诉你，我的事，你管不着！"

"我是你姐。"子诺的眼睛瞪圆了。

"你不是，你——不——是——"我气得火冒三丈，攥了攥拳头，转身狠狠地走开了。

子诺在我身后大喊："孙子涵！以后你是你！我是我！我才懒得管你呢！"她的声音里掺杂着哭腔，有人劝她："子诺，别搭理这个没教养的小混混。"子诺又冲着那个人狠狠地甩了一句："你才没教养，滚开！"

转身走开的那段路，我走得很艰难。

脑海中一直回荡着姐的那句话：“以后，你是你，我是我，咱们互不相干！”

好吧，以后，我再没有姐姐。

我愤愤地走进拳馆，石头走过来和我打招呼：“兄弟你咋才来啊？我都练了半天了。”

我没心情理他，开始疯狂地击打着沙袋，似乎把所有的不满都打在沙袋上。

石头看在眼里，知道我在发泄，并不敢惹我，臊眉耷眼地练自己的。

教练走过来，让我先停下来：“小家伙，跟你商量个事。”

我停下来，走到教练身边。教练顿了顿：“你来拳馆也有段日子了，我教了这么多年，你可是我见过最有天赋的孩子，你身上的那股狠劲跟我年轻时候一样，我就喜欢你这点！”

这可是进拳馆以来，第一次听到教练这么夸赞我。我也就充满自信地笑起来，之前的怒气也消了一大半。

“你小子，我就喜欢你这自信的样子。”教练看到我脸上的笑容，摸了一下我的头，“我们这片儿的拳馆下个月会有一个搏击比赛，我们拳馆，就你和郑大个子最有资格去参加。”

“真的吗？”我兴奋得两眼直放光。这可是我期待了很久的比赛，之前听那些大孩子说过这事，所有人都跃跃欲试。

“不过，你俩要看谁能赢了谁，谁赢了就去比赛。”教练对我似乎充满期待。

“教练，我一定会赢，我一定能赢！”我的自信已经冲破了理智。

石头跑过来，我兴奋地把教练的话告诉他，石头大叫：“真的吗？兄弟，你肯定没问题，我做你的坚强后盾，全力支持你啊！”这一切郑大个子都看在眼里，他一边擦着汗，一边冷眼旁观。

我还在和石头激动地说这说那，完全没有刚进拳馆的阴云密布，石头猛拍着我的肩膀：“兄弟，有我在这儿给你呐喊助威，你好好打你的啊！把他 KO 下去。”

郑大个子早已经在拳场上摩拳擦掌了，大喊一声：“来吧，小子！”

自从上次被我 KO 之后，郑大个子就一直对我耿耿于怀。拳馆一直都是他的天下，谁曾想过被我这个无名小卒打得落花流水？这口恶气他不出，以后怎么做人？每次他都是拳馆出赛的唯一人选，今年杀出我这个程咬金让自己的风头被瓜分了一半，颜面何在？不打比赛也就忍了，但这次比赛可不想输给我这个小个子。

但是，当郑大个子看着我那充满自信的眼神和矫健的身手，想想上次那不堪一击的 KO，他还是心有余悸。

我自信满满，这次我放弃了迂回的战术，开始了主动出击。但个子的劣势还是让我出师不利，被郑大个子一拳击中右肩，打了一个趔趄，撞在护栏绳上。于是，我提高了警惕，重新调整了脚步的频率，盯准了郑大个子的右腿，使用上次的侧踢方式，狠狠地飞身踢下去。但同样的方式似乎只能用一次，郑大个子有了上次的惨痛教训，轻易地躲开了这一重踢。我落地太重扑了个空，整个身体几乎摔在地上，还没站稳就被郑大个子来势迅猛地一记重拳，把我狠狠地打倒在地。

有好多小鸟在我身边叫着飞着，我挥挥手，它们依然围着我转。

有人在倒数，但声音很远。石头在眼前大喊“兄弟，站起来”，但我听不真切。

等我清醒过来的时候，教练已经宣布了由郑大个子出赛，而我只是替补。

“教练，让我们再打一场吧？”我真不甘心。

教练摇头：“小子，机会这东西你要把握住，它不会等你，也不会容你再来一次。”

石头安慰我：“兄弟，替补也成啊，甭太较劲了。”

我还是很委屈：“你不懂！”

教练对着郑大个子和我说：“你们从下周二四六开始，我给你俩单独集训，不准缺席。”

看到郑大个子扬扬得意的样子，我特别心有不甘。

最简单的声音

我自己的事，即使没人看好，只要下定了决心，谁能挡得了我吗？

我能从一个被欺负的小狗变成一方霸主，我相信我能做好任何事情，只要是我认定的事情，只要是我自己的事情。

“兄弟，你这么苦着自己是为啥啊？你不过是个替补。”连石头都为我鸣不平。

“就算是替补，我也要做好出赛准备。”我绝不能懈怠。

除了上课时间，拳馆几乎是我每天必须准点签到的地点。郑大个子练拳不停歇，我就要比他练得还要狠，就算累得出血，我也不能停歇。郑大个子看在眼里，都冷眼旁观蛮横无理教练看在眼里，觉得我身上有股无法抵挡的杀气蛮横无理石头看在眼里，却替我这个兄弟心疼。

郑大个子时不时投来复杂的目光，那里面有嫉妒、有羡慕、有鼓励。

教练把我叫到自己的房间里，悄悄对我说：“我保证，郑大个子一旦有任何一点状况，你小子就给我顶上去。”甚至偷偷言传身教给我很多他从来不曾教给别人的拳击技法。

石头真想拉住我，心疼地讲一句：“兄弟你歇会儿成不？”但他没有，不敢也不想去打搅我，他知道这是我一定要做的事，我要做的事没人能拉得住。

要想成功，就必须付出代价，不管这事做得值不值得。

但是，只要是我决定要做的事，我都觉得值。

拳场上的我已经不再是一个简单的爱拳如命的孩子了，我甚至觉得我已经不再是个拳击手，我的拳打在沙袋上已经击出了一种节奏，像是一曲无法谱出的奏鸣曲蛮横无理我的每个动作都很强劲，而那些具有力道的动作都构成一条条优美的线条，突然间觉得这就像是艺术家在创作一幅作品，那无数条弧线轨迹组合在一起，就是一幅魅力无穷的画面。

我突然间感觉到这不是在击拳，是在用生命创造奇迹，就像是上天注定让我具有拳击的天分一般，每击出一拳就是一次为生命所做的付出。此刻的我就像是要灵魂出窍一般，在空中跳跃、飞舞，像是音乐家挥舞的指挥棒，像是舞蹈家跳脱的双手双脚，即使我是活在自己的世界里，也要为生命奏出一曲精彩的乐章。

音乐？我几乎忘了我还有音乐，几乎忘了大罗的合唱团。

当我跑到音乐教室的时候，合唱团当天的训练已经结束。

大罗走出教室，望着呆站在门口的我，失望，他眼里全是失望。但我还是在大罗那满是失望的眼底看出一丝渴望，“对不起，我来晚了。”

大罗并没有说什么，从我身边走过去。

我拉住他，用恳求的语气说：“能不能再给我一次机会。”

大罗转过身，很久才说："机会不是别人给你的，是不是有这个机会，都要靠你自己。"

回到家，我的身体虽然已经筋疲力尽，但精神却十分充沛。

拿出那个写着一段旋律的曲谱，把练拳时灵魂出窍的灵感以及大罗对我还抱有最后一丝的寄望都幻化成节奏、变奏，写进了曲子里，拿出口琴一遍遍地吹奏，但总是觉得差了一些什么东西。

房门"吱——"的一声缓缓打开，门外有刺眼的光，一个剪影在光里，是青鹿站在那边，我走过去，青鹿带我走出房门，走出家门，走出小区，走进一片秘密森林……

还是那棵被追光照耀的绿树，这次我看清楚了，那是一棵香樟树，散发着清香。树下有个女孩背对着我，我走过去的时候，女孩摄人心魄的回眸定格在那里。是天恩。她就在那里，不远不近地站在我的眼前。

"怎么是你？怎么会是你？怎么可能是你？"我惊呆了，心里有话想说却一直无法开口，也不能发出声音。

"是我，就是我，我就在这里一直等着你，等着你出现！你，终于来了！"闪着光的天恩没有张嘴，但声音已经响彻了整个树林。

我看看站在天恩身边的青鹿，它的眼中充满鼓励的神色。

"我一直想对你说……"终于，我鼓足勇气讲出了半句话。

"不，我希望你能唱给我听。"天恩的笑容美得令人无法拒绝。

天恩身上的光越来越刺眼，我已经看不清天恩，甚至也看不清青鹿，以及那棵香樟树，整个树林都变成了一道刺眼的光，连我自己都处在这道光中……

窗外的阳光把睡梦中的我刺醒。

就是这个，这就是我所缺的那部分。

天恩，我就要唱给你听，为了你，我要唱给全世界听。

到了学校，我迫不及待地敲响了大罗的宿舍门:“大罗，你看看这个。”

大罗仔细地看完我塞到他手里的曲谱，似乎被震醒了:“这是你写的吗？这个真是你写的吗？”

我眼中闪着希望，肯定地点点头:“有梦的指引。”

“子涵，你简直就是个音乐大才。”

梦里的那些不是梦，梦外的这些到底算不算是一场梦？

我已经不能确定哪个是梦，哪个不是梦了。

我只想让她知道，让她第一时间知道，那个梦的指引，那个梦中她对我的寄望。

当那个寄望之梦幻化成我的第一支曲谱，我只想让她第一时间知道，这是我最简单的声音，也是我送给她最好的礼物。

趁着课间时间，我把大罗帮我改好的曲谱放在天恩的桌子上，当然还是要趁她不在教室的时候。当我走进天恩教室的一刻，大家都惊呆了，就像当初天恩走进我的教室一样，不同的是，他们的眼神是惊讶，不是羡慕。但我已经不在乎这些，我就是要让所有人都知道，即使这并不是我刻意的行为，但这就是我此刻一定要做、也必须要做的事情。

曲谱就那么安然地放在天恩的桌面上，我就躲在她的教室后门偷偷观望着教室里的动静。每个人似乎都想上去看看我放在她桌上的到底是什么东西，但没人敢走过去。感觉它对其他人来说，就像颗定时炸弹，随时都会爆炸，但他们并不知道，当天恩看到时会炸出怎样的火花。

天恩终于走进教室，她距离课桌越来越近、越来越近。所有人都在注视着她的一举一动，当然包括躲在教室外的我，但我心中却有着一种说不出来的激动与担心。天恩显然第一时间看到了放在桌子上的曲谱，她拿起来仔细地看了好几遍，然后开始在教室里寻找，似乎是在寻找这个曲谱的主人到底是谁。但是此刻，上课铃声响了，天恩整理了一下似乎有点慌乱的神情，把曲谱叠起来小心地夹在课本里。

教室外的我关注着天恩走进教室的每一步每一个细节，直到她的眼神几乎寻到我的那一瞬间，我的心都提到了嗓子眼……可惜上课铃响了，那一刻，她收住了眼神，没有看到正在偷看她的我，就差那一秒！但我还是有点暗自庆幸，幸好上课铃响了，否则我真的不知道如何与她的眼神交汇，如何对待接下来发生的事情。

孙子涵，你做好准备了吗？

如果天恩对你说话，你会不会应答如流？

如果天恩问你这是什么，你会不会说这就是为你她写的歌？

如果天恩问你为什么这么久都不搭理她，你会不会说你配不上她？

我配得上她吗？我配得上她吗？我配得上她吗？我配得上她吗……

已经是上课时间了，走廊里空荡荡的。

我并没有第一时间走回教室，却一直在两个教室之间徘徊。我没有上课的心思，满脑子都是天恩——摸着我的头用安慰的眼神看着我的天使天恩，把《范特西》塞到我怀里的救星天恩，水房里“这么远那么近”的校花天恩，神秘森林香樟树下闪着光的梦幻天恩……全是她，而我还是那般卑微不堪，即使“喜欢你”。——对，就是这三个字一直都回荡在脑子里，用最简单的声音一直在说着，整整说了一节课的时间。

下课铃声一响，躲在走廊角落里的我看到天恩第一时间冲出了教室，往我的教室冲了过去，我也远远地跟了过去，看她冲进教室，她发现我不在教室，就把曲谱放回到我的课桌上，然后冲出了教室。

我并没有在我最需要走进去的时刻出现在天恩的面前，我还是没做好准备对视她的眼神以及讲出一句对她说的话。我只是默默地躲在教室门外，直到天恩冲出教室，走回自己的教室，我都以隐形人的方式躲开一切被她发现的可能性。

对折的曲谱好好地躺在我的课桌上，我有些失望地望着它出神，来回抚摸着它，好像上面还留着天恩手上的余温。我慢慢地把它打开来看，上面竟然有几个字：“还没有歌词，写好了唱给我听吧。”

老天啊！为什么你每次给我恩赐都要捉弄我呢？

这可是天恩给我的回应啊，这已足够！

Chapter 4

只要坚持，你想要的一切终会实现

新的转机

做就要做到最好，我要写一首最好的歌词，然后唱给天恩听。

做就要做到最棒，就算我是个替补拳手，我也要做好只有我一个人出战的准备，不让教练和石头失望。

做就要做到最佳，即使只有大罗一个人看好我，也不要让整个合唱团看扁我，凭什么差生就没有唱歌的资格？

好，我就做出个样子给你们看！

我开始在三件事之间忙碌着、权衡着，并不像是差生一般无所事事地混日子，我有我要追求的梦想，一件事都不能懈怠，这就是我为自己制定下来的人生课题，我似乎看到了自己的未来，有一道光召唤着我向前走，就算现在我是个所有人眼中的差生，但在我心中，我是个有追求的孩子。

每天清晨跑该跑的步，练该练的拳；上课走神，因为随时都在构思最想写的歌词，从我看过的所有书里汲取所有需要的辞藻；下了课就跑去拳馆练拳，再赶回学校参与合唱团，即使再多白眼我都视而不见，这是我自己决定要做的事情，其他的事情都不重要。

所有的努力都不是白费的，多少都会有些变化！

石头不再跟我耳边说丧气话，也跟着我勤奋地苦练着拳技，就当是个鼓励给我当陪练；教练看在眼里，早就被我这个小个子男孩的勇气征服了，对我的另眼相看早已超过曾经看好的郑大个子；大罗自从看到我那稚嫩却又不乏才气的曲谱，似乎也激发了自己少年时的音乐梦想，想让自己的那点音乐激情在我身上得到发挥；就连冷眼旁观的子诺都开始对我刮目相看。其实，只要努力奋进，没有做不到的事情！

合唱团活动结束了，正要走出门的我被大罗拉住了："子涵，有没有兴趣当合唱团的领唱呢？"

"我……我可以吗？"我真不敢相信自己的耳朵，当了拳赛替补的我从不敢想象还能在另一个热爱的领域里出人头地。

"如果你愿意，我可以让你试试。"大罗那皮耶尔大家伙的笑容还是那么阳光灿烂，"下周六，就由你来领唱吧。"

"嗯，一言为定。"我更加有了信心，看着大罗走出门的背影，眼中闪烁着光。

有人拍我的肩："我希望，你别让大家失望。"

我转过头，是姐姐子诺，看到她冷艳却坚定的目光，"你已经让我失望那么多次了，这次是你需要把握的机会，可别给我丢脸！"

我突然不知道该说些什么，就郑重地点点头。

刚走出校门口，石头一把拉住我，一脸兴奋地对我喊："好消息，好消息！郑大个子练拳的时候，把左胳膊打骨折了……"

"啊。"我不知道这是好消息还是坏消息，"那他还能参加比赛吗？"

"你傻啊？你说还能吗？他就算好了也得十天半个月，拳也没法练了，怎么比赛啊？"他比我还要兴奋个十二倍，"你还不赶紧找教练去？"

"干什么去？"我的思维速度有点呆滞。

石头着急了："找教练去说，让你这个替补成为正式参赛拳手啊！这会儿不去，你还等什么呢？你这阵苦练不就是不想当替补吗？怎么这会儿犹豫啦？"

我一直都在希望的事情一件件如愿前行，但当所有事情真的出现了转机，却发现，自己并没有预期中的那样兴奋，反而多了一些始料未及的担忧和恐惧。

这难道不是我一直想要的吗？

到了拳馆，教练就地宣布，让我替换受伤的郑大个子，成为参加拳赛的正式选手，石头作为替补。我这才有了点兴奋的感觉，和石头又蹦又跳地拥抱在一起。

教练对我和石头说:“比赛还有一周的时间，你俩不能怠慢，从下周开始，每天下午放学都要来集训，我亲自教授，不能迟到早退。拳赛是我们拳馆最重要的事情，你们俩小家伙可不能给我当作儿戏，知道吗?”

“明白!”我俩答应得十分坚定诚恳。

没有任何事情会让你真的如愿。但你在那个当口儿可能已经被兴奋感冲昏了头脑，完全不知道事情如何发展。

在我一无所有的时候，我只有做我尽可能的努力，让它们能靠近我一点，再近一点。但当它们同时靠近我的时候，我知道，兴奋之后，我必须做出抉择。

拳馆的集训越来越紧迫，合唱团的训练也越发严谨，两个都是我的最爱，我无法取舍，却又无法分身，甚至忘记了给自己的曲谱写歌词的事情。但在那种忙碌得分身乏术的状态下，我才觉得那种实实在在的存在感，他们都是那么需要我，我才是最重要的，没有我可怎么行?

同时练拳和发声练习几乎让我累到透支，上课时间几乎都是昏睡过去的，反正差生在老师眼中就是空气，更别说我这种无可救药的差生。练拳时想着合唱团的事情，合唱团训练时就想着练拳，两个反而都没有从前那么聚精会神，这让我显得有点力不从心。

大罗:“子涵,最近你怎么总是心不在焉的?是不是有其他事分心?”

教练:“小子，就快比赛了，你再不加把劲，这个资格我就给别人啦！”

我都答应着：“没问题，我都 OK 的。”

石头看在眼里，记在心里。虽然他是我的替补，但他从没有像我对郑大个子似的，期待着替换我的位置，因为在石头心中，我才是拳馆最好的选手，非我莫属。但他也知道，我爱歌如命，能在合唱团领唱是我一直以来出人头地的愿望，也算是给“混混差生团”争了一口气，不能让我就这么被看扁。可是，这么两头跑身体弄垮了也不是回事啊，到时候唱不了歌不算，也打不了拳赛可是大事啦！

于是，石头想了个法子，叫来一众“混混差生团”：“你们听好了，明天给我每人交来五元钱，涵老大最近需要补身体，你们得上点贡，知道不？”

第二天，石头拿着“上贡”来的八十多元钱，买了一堆好吃的，塞到我手里：“兄弟，别累吐血了，虽然对我来说，那个破合唱团去不去都无所谓，拳赛的机会你得来不容易，可不能不去啊！但我知道，你这俩都喜欢都不能不去，是吧？”

“石头，还是你最懂我。”我被石头这句话说得那叫一个心里暖，“这些吃的都是哪儿来的？”

“我心疼你呗，让兄弟们孝敬来的。”

“他们哪儿来的钱啊？”

“我管他们哪儿来的！管家长要的呗！反正你是老大，孝敬你不是应该吗！”

我不知道应该怎么回应石头的话，虽然不是天经地义，但也没觉得一点不应该,可总觉得哪里似乎有点不对劲,“好吧,反正这些钱,我慢慢还给兄弟们吧。”

“你这是啥话?你知道啥叫‘孝敬’吗?谁让你还啦?你要真还了,兄弟们才觉得你看不起人呢!”石头的话虽然江湖气极重,却让我心里暖暖的。

“嗯,有兄弟真好!”我看见一脸憨笑的石头,顺势搂搂他的肩膀。

一直以为自己都能应付得了,因为哪一个我都想要,所以必须兼顾两边。

但是,我发现,原来越想什么都要,越是什么都要不起。

“大罗,周六我想请个假。”我为了拳赛,还是鼓起勇气找大罗请假。

“周六?周六可是合唱团的学校汇报演出啊!”大罗急了,“有什么重要的事情非要那天请假吗?”

听到大罗这句话,我的脑子一下子都要炸了,怎么把合唱团汇演这么重要的日子给忘了,而且还和拳赛撞了期。一个是我千辛万苦争取来的机会,一个是为了向全校师生证明自己的机会,哪一个都舍不得,也不能舍!怎么办?怎么办?

大罗还在说:“子涵,这个机会对你来说可是十分难得的机会,什么事情不能先放放呢?再说,你可是合唱团的领唱啊!”

此时的我已经手足无措,急出了一头汗,不知道怎么对大罗讲。

“什么急事告诉我,我看看能不能帮忙解决?”大罗本着解决事情的方针一直在逼问我。

“拳赛，我要代表拳馆参加拳赛，也是在周六。”我当大罗就像是石头一样的大哥哥，最终还是鼓足勇气说了出来。

大罗的表情僵直了:“拳赛？你要去打拳赛？”他的每个字都一顿一顿的，但是每个字却像个拳头击打在地，“所以，你最近一直心不在焉，都是这个在分你的神，对吗？”

我不知道大罗的语气怎么就突然变得这么沉重，一个总让我想到皮耶尔大家伙的大哥哥突然变得陌生得不再像是熟识的那个人。我不知道怎么回答他，我参加拳赛有错吗？

我委屈得像个犯错的小孩，却不知道到底错在哪里。过了很久，我才回答:“唱歌和打拳，都是我喜欢的，我就不能两个都要吗？”

“我问你，你跟我学音乐是为了什么？你出去学打拳，又是为了什么？”

“学音乐是因为我真的很爱它，学打拳一开始是为了不挨打，后来就越练越喜欢，打拳让我浑身是劲！”

“然后你就成了这一片的打架王、小霸王，是吧？你学会打拳了别人就不欺负你了，你就去欺负别人了，是吧？”

“我没有，我从不欺负别人！”我很委屈却坚定地说。

大罗的眼中飘出一丝轻蔑:“在别人眼里，你欺不欺负人，和那些小混混没什么两样。我本来是看中你的音乐天赋才教你，原来他们真的没说错！”他的每个字都像是一记拳头，沉痛地击打在我的心上，我不敢相信这是从大罗嘴中说出来的话。

“他们说我什么了？”我知道他嘴里的这个“他们”都是谁。

“烂泥扶不上墙，你就是块烂泥！”大罗似乎是气到极点了。

“好，那我就是块烂泥！我也不配给合唱团领唱，烂泥只能去打拳！”我摔门走出教室。

委屈、气愤加上冲动，眼泪已经夺眶而出，这不算是哭，算是气急败坏！

石头看到流泪的我，马上迎上来：“怎么了，兄弟？他不给你假？”

“合唱团全校汇演和拳赛是同一天，我怎么就给忘了呢？真该死！”我的声音带着些许哭腔。

“啊？那他说啥？”石头也傻眼了。

“跟他闹掰啦！他说我是烂泥，只会欺负人。我什么时候欺负过人？”

“啥？不给假就算了，还这么骂你？我让兄弟们揍他一顿去！”

“你要真去了，不更让他说我就会打架吗？”

“哎，兄弟，甭跟他一般见识，不唱更好！既然这样我们好好打拳赛去！”

我心有不甘，回头看看大罗宿舍的门，大罗正好站在门口，看见我回头望过去，狠狠地关上了门。

深夜，我望着月光，反复回想着大罗的那几句话，委屈到了极点。手里握着大罗帮我改好的第一首曲谱，反复抚摸着。

青鹿又一次出现在门口，再一次带我走进那座神秘森林。但这一次，发光的香樟树不见了，只有月光透着阴森的清冷。青鹿也瞬间消失了，我到处寻找着，发觉自己的脚步变得越发轻盈，我低头看去，发现自己变成了青鹿的模样，在森林里踱步。

黑暗深处有一双闪着幽光的绿眼睛，变成青鹿的我仔细望去，是一只少狼，一只英武健壮的少狼，它正张着布满獠牙的嘴等待着机会。奇怪，我觉得眼前的少狼突然变成了青鹿，自己却在喘着粗气，原来此刻的我已经变成了刚才等待机会扑上去咬死青鹿的那只少狼。

两个都是我自己，一只凶狠的少狼和一只优雅的青鹿。对峙，是在跟自己博弈。

青鹿引颈向天长鸣一声，少狼箭一般扑了过去……

坚定的信念

有些东西，只有你经历了、你选择了，才知道你的决定是对还是错。

但即使是错了，我也不后悔，至少我经历过了。

拳赛现场，我做好一切的备战。教练把之前教授给我的动作要领又重复了一遍，还信心满满地拍拍我的肩；石头在一边帮我做赛前准备，一直都在加油打气："兄弟，就看你的啦！"连养伤的郑大个子也来到现场观赛。有了他们，我虽然没有十足的把握，但至少有着十足的信心。

有八家拳馆参赛，我是出赛选手中年纪最小、个子最矮的一个，所有选手都在笑话着我这个小个子，几乎用同一种轻视的眼光在盯着我。我把他们的目光一一接收，暗自为自己加油：一会儿我就把你们的轻视一拳拳还给你们。

可能是因为轻敌，小组赛中一群大个子几乎都被我这个不起眼、又黑又瘦的小个子给打得落花流水。有了战绩，我也越战越勇，越来越自信，内心开始膨胀，早已不再把其他选手或轻蔑、或发狠的目光放在眼里了。

比赛间隙，我尿急跑去上厕所，听到隔壁间有声音，是教练和另外一个男人的声音。

“老钱，你真是淘到宝啦！这孩子你从哪里淘换来的？”陌生男人问。

“他自己送上门来的，别看这孩子小，可真有股子狠劲。”教练语气中带着自豪。

“你要不要再赌上一把？这孩子可能让你赚大钱啊！”陌生男人的声音阴阳怪气的。

教练显然在思考，过了半分钟，他声音放轻了些：“老李啊，你还在这条道上混着呢？我可多少年没干过这事儿了，你还有门道吗？”

“这话说的！我不就指着这个吃饭吗，我没道还谁有？”陌生人的声音已经从原来的试探变成公开的挑衅了，“这孩子可是这几年少见的好苗子，你还等什么啊？”

“你容我想想，容我想想啊……”教练的语气犹豫了。

我并没有听懂他们之间的对话到底是怎么回事，但我意识到他们嘴里的“那个孩子”就是我，而且他们在谈一笔生意，还是一笔不能见光的生意。

我竟然成了生意？

当我意识到自己成了别人手中的筹码时，脑子“嗡——”地几乎要爆炸了。而且，这还是我付出了放弃合唱团汇演的代价换来的机会，这可是我可以在全校面前证明自己的唯一机会，如今不但成了彻头彻尾不知悔改的坏孩子，还莫名其妙被人利用，我这是为什么啊？

走出厕所，我几乎不知道路怎么走了，头还在眩晕。

一个鬼鬼祟祟的男人跟我擦身而过，他面带笑容很奇怪地看着我，还拍拍我的肩对我说：“好小子，好好干，把他们都干掉！”

这个声音我听得出来，就是他让教练把我当作赌局的筹码，这到底是个怎样的赌局呢？我又能值多少钱？打拳也可以赌吗？

重新回到赛场的我，脑子还在嗡嗡作响，石头走过来问：“兄弟，你没事吧？”

额头的汗开始不住地流，不知是刚才发力过猛，还是因为无意知道了“真相”而汗流不止：“石头，我不想打了。”我也被自己这句话吓到了。

“为什么啊？”石头一听有点急了，“我们练了那么久就这么中途退出多不值啊！”

“你不知道，我刚才……”说完我心里很乱，一时不知道怎么和石头说清楚。

正在我想着怎么跟石头解释的时候，下一场比赛就开始了，石头二话没说，就把我推上场：“兄弟，坚持啊！一定要坚持，要给兄弟们长脸啊！”

森林中，少狼扑向仰天长鸣的青鹿，青鹿并不示弱，用盘错的鹿角顶向少狼的肚子，少狼被顶到了一边，四脚朝天地摔在地上，翻身坐起来的少狼盯着青鹿，死死地不放……

一个躲闪不及，我被对手一拳狠狠地打倒在地。恍惚中，似乎觉得自己就是那个刚上初中第一天就被打倒的弱小者，有人在我背后猛打，有人在大喊，却突然没了一点还手的能力……刚要回头，对方又是一拳袭来，打在我的颧骨上，周围都是熟悉的脸，石头、教练、郑大个子以及拳馆的队友们，还有那个鬼祟的男人……

不对，他们怎么会出现在这里？姐姐子诺、爸和妈，大罗也来了——好吧，你们是来看我是怎么一块烂泥是吧？不，我不是烂泥！

我重新挥拳向对手打过去，并没有打到，自己却扑了个空。

就在那个当口儿，一个身影晃到了眼前，此刻一切都停滞在半空中，一动不动。

“天恩，你也来给我加油吗？”我半边脸被打肿了，但看到天恩却没了疼痛感。

“你说好的歌词呢？你什么时候唱给我听？”但天恩似乎在自说自话。

“对不起，我忘记了！”我突然想起来，原来这才是我最重要的一件事，竟然早忘得一干二净。

“我就知道你做不出什么像样的事儿来，你这块烂泥！”天恩的脸变成了大罗的一张失望至极的脸，转身要走。

“别不管我，就算是烂泥，你也要教我写歌。”我终于还是喊出了一直想对大罗讲的那句话。

大罗转过身，变成了子诺的脸，她冷冷地丢下一句：“以后，你是你，我是我！”然后奔向对面的爸妈，像一阵烟雾，三人迅速地消失了。

“你们别不要我！”我大叫着。

我趴在地上，石头跑上去抱起我：“兄弟，你还好吗？”用毛巾擦着我额头的汗和嘴角的血。教练一脸惋惜地走过去，看了下“唉”了一声叹着气摇着头，郑大个子远远地看着，一言不发，悄悄在和鬼祟男人说着什么。

这一切都不重要了，我心里只有两件事。其次，为了拳赛放弃了合唱团汇演，变成了大罗眼中的“烂泥”。其次，全力参加的拳赛却成了别人的赌注，然后还输了比赛……

后来我才知道，原来一无所有并不是最痛苦的，最痛苦的竟然是，当你身处在岔路口，面对两条你一定也必须要走的路时，你完全无法选择——因为选了一条路的同时，就意味着你必须放弃另一条路；

而你选择了这条路，就完全不知道另一条路会不会让你走得更光明，还是更黑暗。

当你没了信念，做什么也就没了意义！

失败是成功之母，这谁都知道。但真的要是像我这么失败得彻彻底底的，别说妈了，姥姥都找不回来了。我的失败是无望的，拿什么再站起来呢？我找不到自己的方向。

“万念俱灰”，这个词一直在我的脑子里打转。

自从输了拳赛，我连拳馆都懒得露面了；整天无所事事的，白天混在学校里，放了学就和兄弟们胡吃海塞，打架也比从前狠了，像是把所有愤懑一次性都发泄出来一样，在学校里遇到大罗，就当是见到所有老师一样视而不见，晃晃悠悠地走过去。

我老坐在楼梯上看着来来往往的人群发呆。

“兄弟，你说句话成不？别憋坏了自己啊！”连石头也觉得我的话少了很多。

我半天才说一句：“没得说。”

“兄弟，你跟我说说你和校花到底怎么回事吧。”石头还在坚持不懈地逗我说话。

“不想说……”我一脸烦躁。

“校花在那儿呢！”石头正说着，看见不远处的天恩走过来。

我突然不知所措地站起来要走，石头拉住我：“兄弟，我把她给你叫过来，你不爱搭理我，你总想跟校花说两句话吧？”

我没拉住石头，他已经跑出去了，我只好躲了起来。我看见石头跑到天恩的面前，毕恭毕敬地鞠了躬，说了几句，天恩就跟着他走过来，但找不到我的石头和天恩一脸茫然，随后天恩掏出了一张纸，用笔写了一些什么，然后交给石头，就走掉了。

直到天恩走远之后，我才走出来。

“天天盼着见到人家，人家到你跟前了，你倒跑了！”石头有点小埋怨。

“谁天天盼着见她啦？”我矢口否认，但语气并没有很坚定。

“嗬，你这点小心思，当哥哥的会看不出？”石头把字条塞到我手里，“校花给你的，好好看吧！”

“你说好的歌词呢？你什么时候唱给我听？”字条上的那句话很熟悉，总觉得好像在什么时候，她已经对我讲过一样。

瞬间，我似乎被点醒了，突然来了精气神儿一般活了过来。

路走得远了，你可能就会忘了为什么会踏上这条不归路，路的起点也就越来越模糊，你的初衷就会越来越模糊，甚至几乎忘记了。

兜兜转转，让我白白转了一大圈，本以为回到原点、打回原形的自己已经忘了这一切到底是为了什么！但其实，那个最初的梦想一直都在原地等我，在我最失落的时候给我力量。

从零开始

我想，总有一天会写出一首很好的歌词，然后完完整整、认认真真地唱给她听。

就像是她的名字——天恩。

既然上天给了我一个恩典，我就把那首歌词送给她，当作我给她的一个礼物。

趴在幽暗房间的桌子上，我迷迷糊糊地睡着了。

梦里很安静，青鹿没有如约出现，没有神秘森林，没有发光的香樟树。

学校的走廊很安静，没有人，没有一个人，我默默地靠在墙边，静静地等待着。

不远处，天恩幽幽地浮现在走廊尽头，默默地注视着我。

她脸上的微笑很神秘，像是要预告些什么，但她什么都不说，就是默默微笑。

我并没有着急地走上去，因为手里的曲谱上还空无一字，还没有做好唱给她听的准备!

我，不能让她失望。

一个美少年从我眼前走向天恩，天恩和他对视着，两人犹如金童玉女一样般配，他们的身影映在我眼中，他们牵着手一步步走下台阶，消失不见了。

我着急地追过去，他们已经消失得无影无踪。

已经来不及了，我竟然急得尿湿了裤子。

我从梦中哭醒，眼泪浸湿了曲谱，更奇怪的是，我发觉裤裆真的尿湿了，用手摸摸，我梦遗了！

“不能让这个梦变成现实。”我鼓足了勇气，打算去找天恩，虽然还没写好歌词，但我特意买了周杰伦新专辑《八度空间》的半岛铁盒精装版送给她，我想：“你送给我一个‘范特西’，我就回赠你一个‘半岛铁盒’。”

像上次一样，走进天恩的教室，教室里的人依然投来惊诧的目光，但我已经习惯了这些目光，把“半岛铁盒”放在天恩的桌上，但很奇怪，天恩的课桌空空的，桌面上落着一层薄薄的灰。

天恩一个班上的同学对我说：“韩天恩退学了。”

“什么？”晴天霹雳，我不敢相信自己的耳朵，追问着，“她为什么退学？”

“不知道……”没人知道天恩的下落，她就像是人间蒸发了一样，从学校消失了。

梦，真的成了——现实？

我失魂落魄地过了好几天，石头看出了我的心思，帮忙四处打听天恩的消息，总算得到了一点点讯息。

“兄弟，我打听到了校花的消息。”石头如获至宝地跑来告诉丢了魂的我。

“快说，她去哪儿了？”我就像抓住了一根救命稻草。

“听说她是去上什么特长班了，是要去陈经纶寄宿学校上高中。”石头把他打听到的所有消息一股脑儿地告诉了我。

我默默地把“半岛铁盒”收好，竟然下意识地打开了还是崭新的课本，开始从第一页认真地读起来，从代数、几何到物理、化学，再到地理、历史，直到语文书，我都被自己这一系列的动作惊呆了，我以前可从没这么认真过。

石头也被我吓到了：“兄弟，你咋啦？”

我低头看课本：“我要考上陈经纶寄宿高中，你也要考上。”

石头直接听傻了：“啥？”

我突然间就燃起了一个强大的希望之火——我不能让上天给我的恩典就这么从指缝溜走了，我要努力奋斗，让它重新回到我身边！

以后的所有时间，我都无时无刻不泡在课本里，像是一头蛮牛般地汲取着课本里的那些知识，所有人都对我的举动感到不可思议，我也像是开了窍，就像是当年学拳一样，没有人能阻止我的倔强。

石头是尤其不能理解的人：“我们不是靠拳头活着的差生吗？为什么要学习啊？”

“就得学！没理由。你也得好好学，必须听我的！”我的执着成了一种蛮横无理。

“兄弟，你必须给我一个理由，必须！怎么都要让我明白，这到底是为个啥啊？”我让石头干啥他都乐意去做，但要让他学习，可是要了他的命啊。

“你是我兄弟，是不是我去哪儿你就跟我去哪儿？”我想来想去，终于想出了一个可以说明白的理由。

“那可不，上刀山下火海，兄弟都跟着你！”石头的义气是毋庸置疑的，“可这和学习有啥关系啊？”

“好，我好好学就是为了能考上陈经纶高中！你要不好好学，就根本进不去那里，那我们就得分道扬镳，你乐意吗？”我的理由实在有点牵强，但又不得不让他信服。

“可是，我哪里是学习那块料啊？”从没好好看过一眼课本的石头还是觉得这事儿挺怪。

“那我去学拳，你不是也跟着学了吗？”

“那我不是为了不离你左右吗？再说我学拳不都是为了你啊？你可是我最好的兄弟啊！”

“那我上了高中你上不了，还怎么不离我左右啊？”

“这个……”石头一时语塞，不知道还有什么理由反驳我，“可这些课本，真是它认识我，我不认识它啊！”

“这你放心，我已经大概摸到了一些门道，有我呢！再说，实在不成，那么多学习好的同学，拉他们过来教我们啊！”

“你觉得那些家伙愿意搭理我们吗？”

“不愿意就打！”少年涵边说边笑，“打到他们愿意为止。”

“你这就不叫不要欺负人啦？”石头也被逗笑了。

“我们以学习为目的，不算欺负人。”我俩咯咯地笑起来。

以我为首的“混混军团”从那天起，都开始一块儿啃书本，竟然在学校成了一股风潮，混混们实在苦不堪言，好学生们都在观望着我们到底是在闹什么幺蛾子，老师们也几乎一边倒地等着看笑话。

有些公然嘲笑“混混军团”的好学生经常莫名其妙被打，然后就被迫帮我们补习功课，但这个方法几天之内就被学校制止，甚至被学校警告“再打人就劝退”，校务们只是不希望我们再打人，但我们的动机还是令学校觉得有点不可思议。

我又想到了另一个办法，我带着石头去附近的大学里“抓”来在校生帮我们做家教，没有地方补习，就跑到附近的麦当劳里。被拉来的大学生家教和“混混军团”的兄弟们都苦不堪言，大学生不敢不来，因为他们也怕这些“盘踞一方小霸王”的铁拳头；而混混们不得不被逼着学习，啃书本可没有打架那样爽，他们也没想到，进入“混混军团”还有这么遭罪的一天。

石头充当“训导主任”：“告诉你们，今天不学以后就休想跟着我们混！”他挥了挥自己的拳头，“看到这个没有，你们谁敢逃跑，我就用它说话！谁完成任务，就奖励炸鸡翅一个。”

我在一边得意地笑着，兄弟们也就不得不埋头苦读。

那是我最开心的日子，和兄弟们从没这么近乎过。

从前都是风里雨里用拳头说话，现在他们被我逼得一个个都像个乖宝宝一样啃书本，虽然他们并不全是这块料，但我知道，要想强大，必须自强。

虽然我逼他们的目的有点不够纯洁，但有时候逼也是能出人才的！也只有这样的人，才配做我的好兄弟。

日子久了，兄弟们有些实在力不从心只好退出了，真的死心塌地想跟着我们的还是咬牙硬挺着。虽然他们还是不能和我相提并论，但学习成效也逐渐有了点起色，起码单元测验大多数都能达到及格的程度，而我的成绩竟然突飞猛进，几乎已经排到全班的中上游了。

没人知道我们这是在干什么，但学习成绩已经让老师们笑逐颜开了。为了提高升学率，各班的老师们也开始让好学生“一帮一”拉我们一把，虽然好学生并不情愿，但是老师的话犹如圣旨，也就不得不勉强地开始了“一帮一”行动。

“兄弟，你真牛。”石头对我说，但我却笑而不语，“你让兄弟们真的活出了点人样，我们也过了一把好学生的瘾。”

“想要被人看得起，就要先自己看得起自己。谁说混混就不能好好学习？我就是要让他们看看我们的实力！拳头可以让人怕我们，但他们不会服。只有自强不息，我们才能让人看得起！”我似乎也活出了自我，有了兄弟们的支持，我的信心也越来越满。

“兄弟你说得对，我们不能只让别人怕，还要让他们看得起。”石头的笑都是爽朗的，“这阵子我就想，你为什么非逼着我们学习呢？就算我们都上了高中又能有几个考上大学？但你不一样，你上了陈经纶高中就能天天见着校花了是吧？这才是你真实的目的吧？”

石头把憋了好一阵的话说了出来，一语道破了我的小心思。

“你小子说啥呢？”被他这么一讲，我第一次红了脸，火辣辣的。

“别装了，这点事我再看不出来还算你兄弟吗？得，到时候你去做你的护花使者，我们就做护花使者的好兄弟。”石头哈哈大笑。

我狠狠地捶了石头一拳，心里却是温暖的。

半个学期飞快地过去了，经过“一帮一”行动组的不懈努力，大家的成绩也见了分晓。

由于陈经纶高中的录取分数线只属于中等学校水平，“混混军团”中竟然有三成考上。当然，成绩还算不错的我和石头也顺利地名列其中。

毕业典礼上，我看到了走在校园中的大罗。

“孙子涵，恭喜你考上了高中。”大罗的祝贺不冷不热，少了些亲近。

“大罗，我……”我一年多没有再去过大罗的宿舍，也多了些生分，“我还可以叫你大罗吗？”

“这都随你。”大罗的语气似乎多了一些惋惜。

“那，就算离开学校了，我以后还可以来找你吗？”我还放不下最初的梦想。

大罗的眼中有泪光闪动：“嗯，只要你来敲我宿舍的门，我的门随时都会给你敞开。”

“谢谢你，大罗。”我觉得皮耶尔大家伙又回来了，他就站在我面前。

那天晚上，我又拿出了那个曲谱，如行云流水般地配上了歌词，歌名就叫《最简单的声音》:“最简单的声音 / 快乐就很清晰……”

青鹿就在身边陪着我，皎洁的月光从窗外照进来，我俩一人一鹿都被镶上了银色的光晕边缘。

预定好的不期而遇

我该用什么样的心情去上学呢？那可是我梦寐以求的学校啊！

我不知道我这么努力地学习考上了那所高中，能不能迎来我一直希望的结果呢？

会不会与她不期而遇，我还没有十足的把握，但想到我的“范特西”就在那边，既忐忑又期待着那一刻的到来。

换上了全新的衣服，我还特意照照镜子看看今天的样子是不是够帅。我已经知道如何打扮自己，不为别的人，只为了一个人，一个预定好的不期而遇。

桌上放着写了歌词的曲谱，旧的曲谱已经模糊而显得破旧不堪，我就特意重新抄写在一张精美的信纸上，上面还覆了一层亚光膜。旧曲谱上面有她的字迹，已经封存在抽屉里面，那是属于我的小世界，谁都不能侵犯！

新曲谱旁边是“半岛铁盒”，已经准备了一年的礼物，是她的“半岛铁盒”。

准备妥当，我的心还是不能平静下来，为了这一天的到来，我已经准备了一年多的时间，但这一刻就这么到来了，我还是不免心慌。

穿了新校服的石头已经等在门外：“兄弟，够帅啊！”

石头很少见到我这么傻笑过，还带着点不好意思：“你说，我能见到她吗？”

石头拍拍我的肩膀：“你放心吧，兄弟我早就帮你打听好了。哈哈哈。”

我俩的笑声留了一路痕迹。

对于我来说，这个学校简直就是天堂，没有严苛的校规，学生之间没有好坏之分，连老师都对他们的坏行为睁一只眼闭一只眼。唯一令我不爽的是，“混混军团”被拆分到不同的班级，我的班上没有一个“兄弟”，这倒是有点不够方便。

疑惑也就跟着来了：天恩那如出水芙蓉般的好学生怎么会看上这么一所不起眼，甚至有点脏乱差的学校呢？她完全有可能去上一所更好的学校啊！不过，这样值得庆幸，不然，我又怎么可能有机会和她同校呢？

半个上午都不知道是怎么挨过来的，没有石头在身边叽叽歪歪地唠叨，全班的同学都昏昏欲睡般地让我都觉得只能用昏睡混时间，但睡不着，心还在忐忑着。

大课间休息的时候，石头来叫我出去晒太阳。

我们蹲在大走廊的角落，看着人来人往。

“兄弟，我都帮你侦察好了，校花分在高一（3）班，她一会儿会从这边经过……”

“你都见到她啦？”我真有点嫉妒。

“不然怎么让你们‘不期而遇’呢？”石头的憨笑里带着点狡猾，我还真有点小感动。

“你怎么知道的？”

“兄弟，甭不好意思，我知道你那点小心思。来啦来啦！”石头指着走廊尽头。

真的看到了她！等待这一幕是那么长久。

一年的时间让一个人成长，天恩已经出落得更加楚楚动人，而我也不再是从前那个不知所以混日子的“打架王”了。

天恩走得越近，我就越心慌，从来没有过的心慌。虽然已经为这一刻做足了准备，但心里还是那么不知所措，连捏着曲谱和“半岛铁盒”的手都出了一把汗。

就在天恩走到我们面前的时候，石头出其不意地一把把我推了出去，差点就撞到了天恩。天恩一个躲闪，抬起头——就在这抬头之间，一缕发丝飘在她的眼前，是那么撩人心魄，我几乎都醉倒了。

就这么呆呆地看着天恩抬起头，那眼神充满了惊奇，其中布满了无数个问号。我就这么近距离地看着她，心跳的声音都能听得一清二楚，她真的就在眼前，真实地站在了我面前……

“喂，你在干什么？怎么这么粗鲁，走路不能看着点吗？撞到人啦！”天恩还没醒过神，另一个女生不知道从哪儿窜出来骂人，还推了我一把。所有人都从醉梦中醒了过来，我盯着眼前这个粗鲁的女孩，一时不知道该说些什么。

“干什么？干什么呢？你谁啊你？”石头看到局势不对，出来给我帮腔。

“你管我谁呢？是你们眼睛不好使不看路，撞到人了知道吗？”女孩语气很冲，并不把石头放在眼里。

“嘿，小丫头片子还挺横，知不知道你面前站着谁呢？”石头抬手想吓唬吓唬她。

“我管你是谁？你还想打我不成？我告诉你，我才不吃你这套呢！”女孩拉着天恩就走，“天恩我们走，甭跟这两人一般见识。”

女孩拉走了还是一脸疑惑的天恩，天恩回头又看了一眼傻到一言不发的我。那个回眸真的让我不知所措，等了一年之久的不期而遇就这么被定格在这个不明所以的回眸之中了吗？不应该是这样的剧情啊！

神秘森林里，少狼对周围的一切虎视眈眈。虽然周围黑得几乎伸手不见五指，但这对于少狼来说，几乎没有问题，它看得清一切，一点点细微的动静都能激发它体内的血性。

青鹿缓缓地走进少狼的视线范围，它的优雅与雄伟让少狼嫉妒，它的高大与美丽让少狼着迷，但它本就是它的猎物，不能放过这个机会。

少狼不顾一切扑上去，青鹿惊回首，一个高挑的飞跃，轻盈地跃出一条极度优美的弧线。

一道强光从附近射过来，少狼和鹿的对决被凝成一个剪影。

憋得久了，人都会显现出一些兽性。

有多久没打过架了？兄弟们也都手痒痒了。

再不出手，我都快成了温室里的猫了，兄弟们还会信服我吗？

这所高中几乎就是坏孩子的天堂，我也恢复了往日的肆无忌惮。高一男生几乎都是弱小的势力范围。我打算挑战高难度，从高三的大孩子开始。

每次课间，我从不会去属于我们高一楼层的厕所，而是多爬两层跑到高三楼层去上厕所，那样就会有更多机会遇到那个层级的坏学生，挑战应该更容易，也会更有意思。

终于有了一个对手进入我的法眼，他的个子比我高出一个头，很壮实，眼神里充满了挑衅。我暂时假装没看到，自顾自地走进高三楼层的厕所，进门的时候就被那个大个子撞了一个趔趄，但我暂时没吭声，心里却暗下决定："一会儿让你死得很难看！"

果然不出所料，当我转身要走出厕所的时候，他就站在我的身后。我并不和他对视，假装害怕地躲开他的阻拦，但大个子没有让开的意思，我继续躲闪，他就继续阻拦。这时候，我抬头和他对视，我看得出他眼神中的狠劲，这就对了！

大个子终于开口了："小子，忍你好几天了。"

我嘴边一丝坏笑，嘴上却假装示弱："你想做什么？"

“你高一的吧？为什么要来我们高三层上厕所？你故意的吧？”大个子往前一步，用胸口顶了一下我。

我往后稍微躲了一步，冷笑道：“不成吗？我就喜欢来这儿上厕所！”

大个子伸出手大喊一声：“你找死！”说着就一拳打过来。

小意思！我直接双手抓住了他的胳膊，轻轻一挑，直接把他顺到一边，脚下轻轻一绊，大个子不歪不斜，正好坐在尿池子里。就像当初制服石头一样，我又一次完成了自己的经典动作。大个子傻傻地坐在尿池子里，并不知道自己怎么就坐在这里面了。

厕所门口此时已经被围得水泄不通，我得意且大摇大摆地走出来，一群男生看看走远的我，又看看还坐在尿池子里的大个子，然后交头接耳叨念着。

“兄弟你不够意思，怎么就自己一个人行动了啊？怎么不叫上我？”石头知道了我这个完美行动之后，也开始摩拳擦掌。

“我先打个前站，咱们以后慢慢来。”我都部署好了，“你等着，他们肯定会来找我！”

“那你可不许再一个人啦，兄弟们都多久没开战了，手都生疏了。”石头已经按捺不住了，“大家都快忘了我叫‘豹子磊’了，还有，你还是那个‘狼人涵’吧？”石头一说起这个可真来了兴致，还不时地搓着两只手。

“对了，那事办得怎样了？”我突然想到一件更重要的事情。

“妥了，礼物已经给那个小妮子了。她叫乔乐乐，是校花的同班同学，脾气还挺冲。”

“那她收下啦？她说什么没有？”

“校花没收，还瞪了我一眼。”石头有点着急，“我说兄弟，为什么不直接给校花送礼物啊，给那小妮子干什么呢？”

我笑了笑，拍了石头后脑勺儿一下：“这点事以后慢慢教你。”

放学了，石头带着兄弟们出去买东西去了，我一个人走到校门口，那个高三大个子早就站在门口等着我出现：“小子，你总算出现了。”

他已经知道我的实力，我也没再假装，强硬地说：“还想挨打，是吗？”

“上午你那是趁我不备偷袭，现在我可是有备而来。”大个子从书包里摸出一根甩棍。

“还带家伙了？”我甩掉书包，脱下外套，准备应战。

大个子狠狠甩了一下甩棍，甩棍又多飞出一大截，在空中嘤嘤作响，双手舞棍而来。我用双臂挡棍，被甩棍打得生疼，甩甩双臂，突然飞身起来，用迅雷不及掩耳之势飞出一拳，正中大个子的左颧骨上，他一个踉跄没站稳，甩棍也飞了出去。我一把抢过甩棍，一个巧劲把棍撅折了，扔在地上。

大个子知道他不是我的对手，大喊一声：“兄弟们，别放过他。”一群大个子男生从四面八方围了过来。这个架势我就在刚上初中的时候尝过，那时候带头的还是站在对立面的石头，为的是我的“范特西”；但眼前的架势显然不同以往，他们都是比我高的大块头，我一个人也的确一夫难挡，而且他们动机太明确，帮大个子报那“尿池子之仇”。

从前都是兄弟们一块儿出招，最后我来扫尾打出致命一击，这次没了兄弟们的支持，我一时也慌了阵脚——早知道有这一仗，怎么就不留几个兄弟在身边呢？

三十六计，走跑为上策。我转身就跑，但最终还是在附近的小街口，被这群饿狼般的大个子毫不留情地群殴了一顿。

任何事情只要做了，都要付出它应有的代价。

虽说那次的代价也很惨痛，但我却感到畅快淋漓，压抑在内心多年的年少激情都在那一刻迸发到极致，每个毛孔都在飞扬着激情。

逞英雄

每个人都希望用自己的实力证明自己：好孩子用成绩，证明自己可以在书本的海洋里畅游，然后在属于自己的大船上当船长，藐视一切手下败将；坏孩子没法用成绩证明，就只好另辟蹊径，拳头就是最好的方式，他们的世界就像是武林争霸，谁都想争当那个武林霸主，只有坐上霸主的宝座，才能被人看得起，他们不用藐视，而是用霸

主之名扩张自己的势力范围。这就是我的江湖之道。

自从我从弱小的被欺负的孩子变成了强大的“狼人涵”后，总是希望在我所存在的范围之内,能称霸一方。虽然并不需要什么称号，并不需要多少人簇拥，但我唯一看重的是，只有被人看得起，我才能和某些人相提并论、平起平坐。

“兄弟们，跟我来啊！”当石头得知了我被群殴，第二天上学直接带着兄弟们占领了高三楼层。

那一刻的拳头和喊叫，都透着血脉偾张。势均力敌的双方谁也不让谁，挥舞着肆无忌惮、不顾后果的拳头，就算打到天昏地暗，都在所不惜。高三群体虽然个头高、块头大，但劣势在于防不胜防；高一群体虽然个头小，但胜在勇猛且迅雷不及掩耳。高三男生杨勇俨然就是他们的领军人物，虽然勇猛，却不得章法。石头与杨勇的对峙虽然显得有点力不从心，但好在深得拳法要领，十分给力。

“快去看，打起来了，打起来了！”教室外一声大喊，让原本趴在教室里昏睡的我一下惊醒，飞快地蹿到高三楼层，而此时观战的人群里三层外三层的已经围得水泄不通。

虽然钻不进去，但我已经从缝隙看到了石头那飞舞的肥硕身躯，以及恶狠狠的大个子。正在着急之时，我发现了观战人群中的天恩和乐乐，她们和所有人一样，流露出好奇却又害怕的神情。

心中一动，我使尽全身力气挤了进去，并大喊一声“快停手！”但我的声音很快淹没在众人的喊叫声中。既然此举没用，我就看准大个子的拳头，眼疾手快，上前就势一搭，飞起一脚踹在大个子没站稳的右脚重心上，一个大背跨，大个子就势飞了起来，在空中一百八十度一个大回环，然后大叫一声，“啪”地重重地摔在地上。他的这声大叫惊响了整个楼层，所有人见势都纷纷停了下来。

“告诉你们，我们高一的可不是好惹的！今天就让你们见识见识我们的势力！”石头简直就是个优秀的发言人，这话说得时间刚刚好。然后拉起我的左手，高高举起来：“你们看好了，这就是我们老大‘狼人涵’。”

那个瞬间，我都觉得自己像个少年英雄一般地矗立在那里，一阵风吹来，衣角都凛然地飞扬起来。我并不往四周看，但我心里只想让一个人看到这一切。

“帅啊！”人群中的乐乐几乎芳心暗许了，小声地喝彩着。

表情凝重的天恩拉了拉乐乐：“别花痴了你，会打架就帅吗？”边说边拉着乐乐挤出人群。

“他刚才那个动作多帅啊！”乐乐还在回味着。

“还真把自己当英雄啦？不过是逞一时之快！”天恩小声嘟囔着，“我们赶紧走吧！”

“再看会儿吧，看他们怎么收场！”乐乐的好奇心比谁都足。

“好，你就好好看吧，我先走了！”天恩悻悻地走掉了。

我回头从人群中寻找那个我一直想找的身影，穿过人群，我清晰地看到了已经走出人群的天恩的背影，那个背影走得那样决绝。

我还清晰地看到青鹿就跟在她的身边，但是这一次，我看不到青鹿的眼睛，它随着天恩的脚步越走越远，它边走边注视着远方。

顺着青鹿眼睛的方向，我看不到太阳，而是一团看不透的迷雾。

少狼一个矫捷的飞跃，不顾一切地蹿了出去……

那天，天恩的背影就那么缓缓而决绝地离开，我并没有看到她转身前的表情。但那个背影就那么一直萦绕在我的脑海里，好几天挥之不去。

我不知道她的心里想的是什么。更确切地说，我是不确定，还不肯定，在她心里，我到底是个怎样的人？

也不知道从哪本书上看来的，说“要搞定一个人，就先搞定他身边的人”。所以我想，如果让她正面认识一个真实的孙子涵，一定要先搞定她身边的人，比如她的闺密乔乐乐。

乔乐乐就那么跟着石头走到了校门口，虽然很不情愿，但还是如约来了。

“你找我啊？”乔乐乐有点小兴奋地走到我面前，回头又看看身后的石头，石头傻傻地摸摸后脑勺儿，知趣地走掉了。

“嗯……”虽然心中已经运筹帷幄，但到了面前，我还真不知道到底怎么跟她开口。

乐乐倒是干净利落：“看你打架时候那么爽快，怎么说起话来，这么费劲啊？”

我先把手里的小盒子递给乐乐：“这个送你的。”

“好好的，为什么送东西给我啊？”看得出来，乐乐已经掩饰不住内心的喜悦，说话间已经打开了盒子，那是一个可以飘雪花的水晶球，背景音乐是周杰伦的《安静》，“好漂亮，我喜欢！谢谢啊！”

“别的男生送你礼物，你都收吗？”我试探地问。

“那也得分人，讨厌的男生我一概拒绝，都退给人家。”

“那你为什么收我的？”

“喜欢你呗！这还非得说那么明白吗？”

乐乐的直接让我有点措手不及,反倒觉得她比自己还老辣。其实，我的所谓老辣都是从书上看来的，从没真正实践过。

我稍微按捺一下自己一时激动的情绪，沉稳地回问:“我有什么可被你喜欢的？”

“就那天，你打架的时候，我们都看见了，你很勇猛。我就喜欢会打架的男生，特帅！”

“那你还真挺不一样的，喜欢会打架的男孩？”一听打架我就来了兴致，也没之前那么紧张了。

“我说的‘会打架’可不是成天混日子瞎打架的那帮人，我说的‘会打架’是懂得门道知道技巧的，一招一式都是有讲究的，不像一般人就知道乱吹一气，自己打到哪儿了，被打着哪儿了，都是闭着眼打的，其实都是两眼一抹黑，根本不知道怎么回事，都是瞎逞能。你就不一样,一看就是学过的,有两下子。”外行看热闹、内行看门道，这个乔乐乐莫非是“同道中人”？

“你也学过打拳吗？”我好奇地问。

乐乐沉默不语，只是在笑。

“哎，你刚才说，是‘你们’看到我打架是吧？”我突然想到找乐乐来的重要目的，“还有谁啊？”

“天恩啊，就是开学那天，你和你那个傻哥们儿差点在走廊上撞到的那个女生。”乐乐没心没肺地说着，这可正中我的下怀。

“她叫天恩啊？名字真好听。”

因为石头从来只叫她“校花”，这还是我第一次这么近距离地听到别人叫她的名字——天恩，真的很好听。我千百次在心中叫过这个名字，却从没发出过声音。

“嗯，她叫韩天恩，是我从幼儿园到小学时候的同学，没想到在这个高中又碰到了。我们从小就在一起玩，关系特好！我们什么心里话都说，我们谁要是被欺负了，都要为对方打抱不平……”乐乐说起天恩就滔滔不绝，我并不想打断她，就这么呆呆地看着她讲着天恩的种种细节。

乐乐觉察到我正盯着她看，突然被盯得不好意思，羞红了脸：“你能别这么看着我吗？傻死了！”

我也突然觉察到自己的傻态，躲开了眼神：“对不起。”

“那成。这礼物我收下了，我先走了。拜拜。”乐乐没等我说什么就匆忙地走了。

看着乐乐的背影，我还陶醉在她讲的天恩的故事里，呆呆地回了一句“拜拜”。

乐乐趴在课桌上把玩着那只水晶球，看着球里的雪花哗哗地落下来，有点出神地一直看一直看。

“又有人送礼物啦？”天恩走过来，透过水晶球盯着乐乐看，“谁送的？快说！”

乐乐一把抓起水晶球:“没谁……自己买的。”

“才怪呢！自己买的，还拿到学校来显摆？”天恩继续追问，“连我都不告诉啊？”

“好啦，反正我也瞒不了你！是孙子涵。”乐乐快人快语。

“谁？”天恩以为自己听错了，但这名字还是直接灌入了耳朵。

“就是那天在高三打架的那个，最有架势、最勇猛的那个男生。”乐乐见天恩还是痴痴傻傻的，就继续帮她回忆，“你忘啦，就开学那天，在走廊上差点撞上你那个……”

天恩机械地点点头:“嗯，我知道了……”

“想起来啦？你还说人家逞英雄呢！我倒觉得他还挺酷的……”乐乐边说边继续把玩着水晶球。

天恩没再说话，就听着乐乐开始滔滔不绝:“他打架还挺像样的，估计是学过散打或者拳击什么的，那架势真应该进个体校好好训练训练，不然真是白瞎了……”

听着水晶球发出的《安静》的背景音乐，天恩根本没听到乐乐在说什么，只觉得这个名字已经很久远了，但从最亲近的朋友乐乐嘴里讲出来还挺奇怪的，原本近在咫尺却从没有真正叫过一次这个名字。

“天恩，今天我放学有事出去一下，你自己吃晚饭啊！”乐乐一直沉浸在自己的世界里，并没觉察到天恩的沉默。

晚饭时，天恩在食堂门口远远看见乐乐站在校门口等人，一会儿走来一个男生，天恩定睛一看，那个人就是我，但当时我并没有发现天恩的存在。天恩一下子没了食欲，心里酸酸的，径直走回了宿舍。

后来，我约了好几次乐乐，希望从她那里得到更多关于天恩的信息，什么都好，哪怕只是一点点，我就很满足。每天都听，就会对天恩多一份了解，就觉得自己距离她又近了一步。乐乐嘴里的天恩就像我想象中的那样，单纯、天真、坚韧、质朴，更多了一份真实感。

当时的我暗下决心，只要多了解一些天恩，就能按照她的标准打造自己，虽然总觉得我的标准距离要配得上天恩的标准还有相当大的差距，但还是不能放弃，我费了那么多劲才走到她的身边，怎么能让她再一次逃离呢？

那段时间，乐乐总是和我混在一起。我也乐意跟眼前这个性格爽快、快人快语的乔乐乐多待一会儿，因为能从她那里听到很多她和天恩的故事；乐乐也喜欢和我以及石头混在一起，那是她和天恩这样柔情似水的女生在一起截然不同的感觉，有一种酣畅淋漓的豪爽痛快。然后，乐乐就把这样的感觉统统讲给天恩听，天恩心里稍有不畅的酸酸感觉也逐渐消失了，从乐乐嘴里讲出来的那些“会打架”的男孩们的故事，也并不是她想象中那样的不堪。

石头总是看着乐乐憨憨地傻笑，我也跟着笑：“石头，你为什么老盯着乐乐看啊？”

“我就觉得她的名字特逗，乔乐乐，一瞧就乐，能不乐吗？哈哈！”石头一说完，我们仨都乐成了一团。

乐乐就像是男生与女生之间的纽带，一个传递消息的连线天使。那段日子，也是乐乐最开心的日子，因为她觉得自己已经身处于一种飘在空中、半醉半梦半醒的曼妙感觉之中了。

乐乐：“我的快乐源自与众不同。之前我从没有接触到的不同，是他们让我换了个角度看世界。我很开心，我是不是恋爱了呢？”

天恩：“我不知道这算不算是一种乐趣，看到乐乐开心地陶醉其中，我特别开心，因为听到她嘴里的他也很快乐，他已经不是那个孤独的小男孩，他已经长大了。”

我：“每次听到乐乐讲到天恩，即使只提到这个名字，我都有种怦然心动的感觉，那种久违了的感觉又重新回来了，就那么一步步地逼近我的心脏。”

石头：“虽然乐乐从来没有正眼看过我一眼，但我能感觉到她的心跳，和我的心跳速度是一样的，这个我很清楚地知道。这个感觉还是第一次有呢！”

少年愁滋味

“你跟他那么熟了，那他给你唱过歌吗？”天恩还是问了乐乐这个至关重要的问题。

“他还会唱歌呀？他不是只会打架吗？”乐乐的好奇心顶到了嗓子眼，“那我找个机会可要让他唱给我听听了。”

天恩笑了笑，心似乎也跟着放下了。

有些事情可能就是为了等待那个人出现，才会去做，也只是为了那一个人。

“兄弟，你喜欢乐乐吗？”石头出其不意地也会这么问我。

“喜欢啊！”我不假思索地回答他，“这女孩挺爽快的，没人不会喜欢这种女孩吧？你不喜欢吗？”

石头红了脸：“嗯，她是挺招人喜欢的。”

每天石头都期待乐乐出现在我的身边，那他就能多看她几眼，也能凑合说上几句话。就在这段时间，石头的笑比一辈子的笑都多，而且是发自肺腑的笑。

那次我让石头送给乐乐的礼物她没收，东西他本来是要还给我的，但后来他就给忘了，一直放在自己手里。石头手头紧，没有多余的钱可以给乐乐买礼物，他就想：“何不就此借花献佛，送个人情呢？”

送到乐乐手里，礼物还是有温度的：“乐乐，这个送你吧。”石头的脸还在发烫，他还是第一次以自己的名义送女孩礼物呢。

乐乐看到这个礼盒很眼熟：“谁送的？”

石头支支吾吾地说：“我送你的。”

乐乐觉得有点可笑：“你为什么送我东西？”

“反正这东西我也用不着，就送你吧！”石头在乐乐面前十分羞涩，不知道找什么理由。

“知不知道‘己所不欲，勿施于人’啊？不要的东西送我？我可不要。”乐乐把礼盒推回给石头。

“你拿着吧，是条手链，挺好看的。要不，我给你戴上？”石头越来越紧张，但还是把该说的都说出来了。

“别别，别让人家误会了。”乐乐看看手表，“子涵啥时候来啊？都等半天了。”

“啊……”石头有点失望地看着乐乐，心里一阵发凉，“今天他有事不来了，是我叫你来的。”

“什么？那你不早说。”乐乐觉得有点扫兴，“那我走了。”

“你先别走啊，戴上手链再走。”石头已经从盒子里把手链拿出来了。

乐乐有点不高兴了；“你以后能别借着他的名义约我出来吗？这叫欺骗，你知不知道？”

石头的手僵在空中：“我就不能约你吗？”

“不是不可以，但我可能就不一定来了。”乐乐起身要走。

“你心里就只有他是吗？”石头也开始绷不住了，“那你为什么老冲我笑。”

“我天生爱笑不成吗？我冲谁都笑，不成吗？”乐乐开始生气了，指着石头的鼻子说，“你最好别自作多情，我不喜欢你，你也别送我东西，我不要！”乐乐说完走了，碰到石头僵在空中的手，手链被碰掉在地上。

石头急了：“要不是我，你能认识他？”

“要不是他，我也不会搭理你。别以为你跟他一样，我喜欢他就要喜欢你。”乐乐太冲了，脾气太直也会伤人。

“你别做梦了，他喜欢的人可不是你！”石头开始撂狠话了。

乐乐走回来，气急败坏地问：“那他送我东西，跟我约会，那都是假的吗？你喜欢我我知道，但我不喜欢你呀！我不喜欢你就说他喜欢别人，你什么居心？”说完觉得自己很没面子，飞快地逃走了。

石头失望地从地上捡起手链，盯着看了几秒钟，然后又狠狠地把手链摔在地上。

乐乐跑去天恩那边，寻求内心慰藉。

“你说子涵会不会喜欢我？”

面对乐乐这句话，天恩不知道怎么回答：“傻丫头，这我怎么知道啊？”

“他不喜欢我，送我那么多东西，还跟我约会，你说他这是干什么呢？”乐乐有点气急败坏了，越说越气，气到眼泪都止不住了。

“到底怎么了这是？”看着乐乐的样子，天恩也不知道是该笑还是该安慰。

“就刚才，他那个傻哥们儿叫石头的，跑来送我东西，我没收，他就告诉我说他根本不喜欢我。”乐乐一股脑儿地告诉了天恩，“还说他心里喜欢的是别人。”

这句话直戳到天恩的心窝里：“他喜欢的是别人？”

“是啊，石头就是这么说的，还说喜欢我！”乐乐已经语无伦次了。

“谁，谁说喜欢你？”天恩听得也是乱七八糟，也可能是心乱了。

“石头说他喜欢我，还送我东西。我才不喜欢他呢，就是跟子涵在一块儿的时候，多跟他说两句话他就说喜欢我，可我一点都不喜欢他，我喜欢的是子涵。”乐乐的话让天恩犯愁了。

“你喜欢孙子涵？”天恩不知道怎么接受这个现实，但她说的每个字还是清清楚楚地传到耳朵里，像重锤锤出了回音。

“我就是喜欢他！”乐乐坚定地说，“不行，我要找他去问个清楚。”

天恩看着最亲密的人坚决地走出去，去找那个她心里的人，只要一个答案，他到底喜欢不喜欢她。

喜欢和爱真的是两回事。

喜欢就是看着你傻笑，看着你说话都觉得挺好听，无关你对我好，或我对你好。

但爱就可能要从心底里全是为了你，可以为了你让我变成另外一个人，就是要为了一个人付出拼了命都在所不惜的代价。

真到了喜欢的人面前，乐乐反而不知道怎么直接问了。

看着我就那么站在她的面前，就是觉得面前的这个人真的特别好、特别酷，就是真的很喜欢很喜欢的那种，可要怎么才能说出来呢？

我也不知道乐乐那么兴冲冲地把我叫出来到底要说什么，就看她那么大红脸地跑来盯着我看，半天也不说一句话。

“乐乐，你到底要跟我说什么啊？”我只好自己打破这个僵局。

“我就是想问你，”乐乐不知道怎么说出那个词，怎么在别人那里就能脱口而出呢？真到了喜欢的人面前，又怎么都说不出口了呢？“你送我礼物，总是约我出来，你是想……”

“你喜欢吗？”

“当然喜欢啊，你送我的东西我都特别喜欢，也特别喜欢跟你说话。”乐乐还是不知道怎么告诉我她的感受，一直在绕啊绕的！

“我知道你喜欢啊！我也喜欢跟你说话。但你今天到底要跟我说什么啊？”我还是不知道乐乐来找我的目的。

“嗯……你能唱歌给我听吗？”乐乐突然从脑海中搜索到这个事情。

“唱歌？”我脑子里一下闪出天恩的样子，还记得那张字条，“你怎么知道我会唱歌的？”可能是天恩，她真的还记得这件事吗？

“我听说你初中可是合唱团的，你能唱歌给我听吗？”乐乐用恳求的眼神望着我。

唱歌？这件事很重要，第一次必须要唱给天恩听的。要是换成乐乐的话，就……

突然，一个想法像灯泡一般“叮”的一下，闪亮在我的脑海中。

“这样吧，周五放学，我们一起去 KTV 唱歌吧！”我还是构架出了自己爆灯的想法，“我叫上兄弟们，你也叫上你的朋友。”

“啊！”乐乐一时不知道怎么回答，但却有点小兴奋，“那么多人啊？”

“人多热闹啊！就这么定了啊！”我也开始莫名地期待这次 KTV 之行。

乐乐把这个好消息讲给了天恩：“天恩你一定要陪我去啊！”

“他说要给你唱歌，我就不去了吧。”天恩有点失落，他是不是已经忘了答应我的事情了呢？

“你就陪我去吧！你不是最喜欢听我说他的事情吗？这次也有机会认识认识啊！”乐乐可是特别想听到我的歌声，“也不知道他唱得好听吗。我想听他唱周杰伦的歌，哪一首都好！”

天恩的心像是跌到了谷底，周杰伦，那可是我们之间“不能说的秘密”啊！

“我还是不去了吧，周五我还要回家和爸妈吃饭呢！”天恩各种推辞。

“哎哟，去吧去吧，那么多人我多不好意思啊！”乐乐各种撒娇，推着天恩。

“到时候再说吧！”天恩拗不过乐乐的娇嗔，暂用缓兵之计。纠结的小魔怪还在咬噬着天恩的心。

周五晚上，我跟石头和众兄弟等在校门口，我们特意脱下了校服，换上平时的装扮。乐乐死活拉着天恩从学校走出来，天恩看看不远处的我，这个熟悉的陌生人，并不知道讲什么，微微点了点头。

石头笑着大叫："校花终于出现啦！"

乐乐并不明所以，以为是在说自己，翻了个白眼："你离我远点！"

我见人都齐了，说了声："我们走吧。"

乐乐笑着，拉着天恩迎上去，石头只好灰溜溜地跟在后面。

假装淡定的我走在最前面，我知道我的脸上已经止不住露出了灿烂的微笑。乐乐挽着天恩和我并排走着，很开心的样子。天恩隔着乐乐，偷偷地看了我一眼，我的第六感觉察到她的眼神，也侧头和她对视着。石头略微落后一些，看着我们仨的背影，感觉做了一件天大的好事一样，也跟着憨憨地笑着。

天恩："他真的变了太多了，他不再是那个受伤的小男孩，我看见他的眼神中有一种坚毅，他应该长大了，学会了自己疗伤。"

我："等待了那么久，她总算就在我的眼前了，虽然我们之间还隔着另一个人，但这样的距离已经是我们间最近的距离了。在梦里，我们无数次地相遇，而这真的不是在做梦吗？"

乐乐："真的很想去挽着他的手。能和喜欢的人这么并肩走着，也算是一种幸福吧？"

石头："就算乐乐不喜欢我，我也认了。能看见兄弟和校花走在一起，我真是打心底里高兴啊！哥们儿我这么长时间帮兄弟做了这么多事，也算值了。"

唱歌给你听

挤进 KTV 房间的人实在太多了，房间都显得过于拥挤了，但在我眼中，其他人都变成了透明的，似乎只有我和天恩两个人。

我在点歌单上点了一连串的周杰伦的歌，当然少不了《范特西》里所有歌的 MV，那些歌早经被我练得就像是自己的歌一样，这些歌也是唯一维系着我与天恩的“密码”。这里几乎成了我的演唱会，兄弟们都陶醉在我的歌声里，每一首歌都能得到所有人的满堂彩，而且我知道他们是由衷地赞赏：“老大，唱得好！再来一个呗！”

石头显得异常活跃，一边跟着节奏拍着手，一边用笑脸对着乐乐和天恩。

乐乐并不怎么理睬石头，有了我的歌声，她已经不需要其他任何人的殷勤相待，尤其是石头这样的“猪头”。

我每唱一首，都会用余光关注着天恩的神情，天恩就那么默默地当着安静的观众。

天恩：我不知道他这么长时间都做了些什么，他几乎让我认不出来了。他自信的眼神、纯熟的歌声，已经不再自卑和脆弱。但我不知道，我送他的《范特西》到底对他产生了多大的影响，不知道这对他是好事还是坏事。但我知道，我们都爱的周杰伦已经成了他无法分割的一部分。

我：做了那么久的努力，就是为这一刻的到来。但我真的没想到，它真的就这么到来了。不知道她到底听到我的心声没？——你不是要我唱歌给你听吗？我就把你送我的“范特西”统统地唱给你听。

当我唱到《双截棍》时，石头站起来开始耍宝，兄弟们也跟着一起“哼哼哈嘿”，大家热闹成一片。

乐乐大喊起来：“石头你给我坐好，让子涵好好唱成不成？”

石头被乐乐这么一喊，吓了一跳，乖乖地坐在乐乐旁边，憨笑着：“遵命，乐乐公主。”

乐乐狠狠地瞪了他一眼：“不够你闹腾的。”

天恩也跟着笑起来，我还是第一次看到她如此灿烂的笑容，天使一般的美。

乐乐突然站起来：“子涵，我来跟你一起唱《简单爱》。”

“得嘞，给我们乐乐公主点起来。”石头把《简单爱》插播。

乐乐唱得很陶醉，虽然歌声跟我相比，显得稚嫩许多。我们俩肩并肩地合唱着，天恩就这么看着，不动声色。我用余光看到了角落里的天恩，心中竟然生出了一点点酸酸的感觉。

乐乐也点了几首歌，自顾自地唱起来。

我悄悄地坐在天恩身边，不知道第一句话怎么对她说，天恩也显得有点尴尬。

“你想听我唱什么？”我特意清清嗓子，很郑重其事地说，“我专门唱给你听。”

天恩注视着我，这么近的距离已经是很久远的事了：“就唱《蜗牛》吧！”

她还记得！她真的还记得，那首让我们相识的《蜗牛》。

我感到浑身的血液像是刚刚充满了电一样，热情奔放地在身体里不安分地窜动着，血脉偾张，汗毛也都一根根精神地“站立”起来。

“我要一步一步往上爬 / 等待阳光静静看着它的脸 / 小小的天有大大的梦想 / 重重的壳裹着轻轻的仰望……”我满含深情，用尽全身力气在唱着这首歌。由于太激动了，眼中盈满了水。

天恩跟着我的歌声轻轻地拍着手，但她心中却是暗潮汹涌。她知道这首歌对我有多大的意义，对她自己其实也都是一样的。天恩也热泪盈眶了，但她趁着没被人发现，赶紧悄悄地擦干了泪水。

“子涵你真的太棒了！”乐乐大声地喊着，“你唱得真是，太好听啦！”

所有人都看到乐乐的失态，连自信感满格的我都不好意思了，天恩也被吓到了，但乐乐依然忘我地喝彩。

气氛达到了高潮，大家都有点忘乎所以了。石头递给我一根烟，兴奋到极点的我毫无顾忌地接了过来，虽然我平时几乎不碰这些东西，但此刻的我一时忘了那些顾忌。

石头划着了火柴，刚要给我点，天恩站起来，还没等她说话，乐乐大喊一声：“不许抽烟！”一把打掉了石头手里的火柴，怒目圆睁地呵斥着石头，“你就不能教点好吗？”

石头显然被吓到了，一时说不上话来。

我开始有点不高兴了:“你喊什么？大家不就是图个乐吗？”

“就是不让你抽烟！”乐乐转身瞪我。

“你管得有点太多了！”

“你的事，我就要管！”乐乐不依不饶。

“我的事，你没资格管！”我被乐乐闹得很扫兴，已经顾不上天恩的表情。

“我不管？那谁管？他教你坏，我就不让！”乐乐的眼睛瞪得更大更圆了。

天恩拉了下乐乐:“乐乐，太晚了，我们该走了。”

看见天恩要走，石头着急了:“乐乐你别闹，我们不抽了不成吗？本来大家都能来挺高兴的，都别生气啊，别生气！”顺势把烟从我手里抢了回去。

我不知道哪儿来的那股子邪火，突然爆发了:“你又不是我什么人，你凭什么管我？”又从石头手里把烟抢了回来，自己划着了火柴点着了烟。

乐乐也急了:“我不是你什么人？那你请我来给我唱歌干什么？你明知道我喜欢你。你的事情我就管到底了！”

“用不着！我根本就不喜欢你。”我一屁股坐下来自顾自地抽着闷烟，狠狠地吸了一口烟，呛得直咳嗽。

天恩二话不说，拉着乐乐往外走，乐乐急了，甩开天恩的手，回过头来质问我:“你不喜欢我，那你喜欢谁？你告诉我。”然后转身问石头：“那天你说他喜欢的是别人，你告诉我，他到底喜欢谁？”

石头臊眉耷眼地看了一眼天恩，然后劝乐乐：“咱别闹了成吗？都好好的不成吗？”

看到石头的眼神，乐乐突然就明白了，转身看看天恩：“我明白了。”转身指着我，淡然地说：“我说怎么你总是问我天恩的事情呢，一说到天恩你就特别兴奋，原来你喜欢的是她，对吗？”

天恩被这一句话惊呆了，怔怔地站在原地，一动不动。

“对，我就是喜欢她，我喜欢的人是天恩！”我大声讲着这句话，自己都被震到了——憋了那么久的一句话，竟然最后是这样讲出来的！

石头出来打圆场：“乐乐，这事谁都不怪。其实，我兄弟和校花原来在初中的时候就认识了，只是后来校花退学了……”

“原来都是你们安排好的！我不过就是个摆设，是吧？”乐乐明白了一切。

“乐乐，我们走吧！”天恩一时不知道如何是好，只想马上逃离这个尴尬的僵局。

房间里放着周杰伦的《安静》，水晶球里的雪花从空中飘下来，慢慢地落在地上。

乐乐平静下来，看看这个被自己搞砸的僵局，环视在场的每个人的脸：我臭着脸自顾自地抽着烟，站在她面前的石头用无奈而纠结的脸赔笑着，天恩拉着她的手用安慰的神情看着她。

乐乐冷笑：“我知道，在这里最多余的就是我！”她放开了天恩的手，跑出了包间。

“乐乐，乐乐，你去哪儿？我送你回去啊——”石头跟着跑出去。

兄弟们也都灰头土脸地悄悄撤了出去。

房间里只剩下少年涵和天恩，气氛凝固到了冰点。

电视屏幕上，青鹿出现在 MV 中，注视着房间里沉默的我们俩。天恩纠结地站在我对面，没说话，眼神中充满了复杂神情。我捻灭了半根烟，吐出最后一口烟，喝了一口水：“走吧，我送你回去。”两人走出房间，青鹿从电视里走出来，默默地跟在我俩背后。

天恩走在前面，我跟在她后面，但除了脚步声，没有别的声音。路灯把我俩的身影映在地上，长长的。

“你不是要我唱歌给你听吗？”我真的是憋了一肚子的话，不知道该说哪句，但这么开场，还算没那么突兀。

天恩回头看看我。“你，今天，是在唱歌给我听吗？”她用疑问的口吻在确定一个答案。

“你送我的《范特西》，从你给我的那天起，我就一直听，一直听，然后一直练，一直练，就是为了有一天能有机会唱给你听。”这些话说起来似乎有点艰难，但我还是讲了出来，虽然有点吃力。

“你，还记得？”天恩若有所思。

“记得，当然记得。你对我说的每句话，写的每个字，我都特别清楚地记得。你对我说的最后一句话，就是那张字条，你在上面写着，要我唱歌给你听。”我的情绪有点不稳定，稍微顿了顿，继续说，“所以，我今天所有歌都是唱给你听的！”

天恩微微点点头，然后慢慢抬起头对视着我的眼睛：“你为什么不直接来找我？”

“我找过你，但是后来你退学了。然后听说你要考到这所中学来，我就拼命学习也考了进来。”我看到天恩的睫毛微微颤了一下。

“你，为了我，考到这所学校？”天恩重复了一遍，只是为了确定我刚刚说过的话。

“嗯，就是因为你，我才有了考上这所高中的动力。”我越说越觉得充满自信，“我希望能在上学的时候，有天天见到你的机会。”

这句话让天恩不知道如何是好——我到底是怎样的一个人，真的可以改变一个人吗？

“为了我？你做这一切，全都为了我？”我能感觉到天恩很开心又很纠结的复杂心情，“我值得你这么做吗？”

“值得！因为我，一直都……喜欢你。”我虽然有点犹豫，但还是斩钉截铁地讲了出来。

我一直以为，我不敢也不会对她这么当面讲出来，“我喜欢你”这句话在我心里已经讲过一千遍一万遍了。

但我没想到的是，当我的心还在犹豫的时候，我的话已经迫不及待地脱口而出了。

原来之前在心里讲过那么多遍都是在演习，都是在为这个时刻的到来而演习，但这一次，我的嘴成了最好的演绎者，竟然说得那么直接。

我终于舒了一口气，好像周围的空气都变得那么甜，夜空都变得那么亮、那么美。

眼前的天恩就这么看着我。

虽然刚才在KTV，我被乐乐激怒而大喊了一句“我喜欢的人是天恩”，她一开始以为那只是我一时的气话，但现在又确确实实地听到我再一次真心实意地讲了一遍“我喜欢你”。她看到我脸上的真实感。

但是，乐乐怎么办？无辜的乐乐啊！

过了好一阵，天恩才问：“你为什么要把乐乐扯进来？”天恩脑子里一直盘旋着这个问题。

“因为，我怕配不上你，就想让乐乐多给我讲讲你的事情。了解你多一些，我才有可能成为配得上你的人。”

“难道打架、抽烟，你觉得这样就能让我喜欢你了吗？”

天恩一语点醒了我：“当初，为了护着你送我的《范特西》，我几乎被打死。后来我才去学了拳击和散打，就是要做一个强大的人。”

“你觉得现在的你就很强大吗？”天恩开始质疑我的观点。

“你不觉得我很强大吗？”我反问她。

“强大的人就不会让无辜的人受伤害。”

“我从来不欺负人。”

“那乐乐呢？你觉得就没欺负她、伤害她吗？”

这话真有点可笑了：“我怎么欺负她了？”

“她喜欢你，你不知道吗？”

“她要不说我真不知道，但重要的是，我喜欢的人是你。”我盯着眼前的天恩，只等她一个回答。

天恩看着我坚定的眼神，乐乐刚才放开手的一瞬间温度还在她手上。天恩很矛盾，坚决地摇摇头，转身走掉了。

失望，满眼的失望。

青鹿走到我的手边，用头顶了顶我的手，我顺着它毛发的走向来回抚摸着。

夜的长巷，我俩一人一鹿缓缓前行。

虽然得到的答案只是一个摇头，虽然我很失望，但我的心没有预期那般的伤心。

这一刻到来之前，我把可能发生的结果都演练过一遍：她喜欢我，我们牵着手开心地在一起；她不喜欢我，我们继续成为点个头、打个招呼的同学，我还会天天关注着她，天天远远看看她的笑容，我也会很开心。

但至少，我终于把我要说的话讲给她听了，把她希望听到的歌都当着她的面唱给她听了，对于一个一无所有的人来说，我还能奢望什么呢？

暗夜的房间，青鹿借着月光，注视着熟睡的我。

那天晚上，我睡得特别香，还不时露出了微笑，口水流到枕头上。

青鹿凑过去，舔干了我嘴边的口水。

房门“吱呀”地被推开了一条缝，一双绿眼窥视着房间里面的动静——是少狼。青鹿转头看着房门外，它们就这么对视着。青鹿颇有气势地稍微往前跨了一步，少狼一溜烟瞬间逃走了。

我翻了个身，说了句梦话："我喜欢你。"

在 转 角

一周都没见到石头的踪影，以前每天被他绕在周围的我反倒觉得有点不适应了。

一个人的课间，我就坐在高一层走廊的角落里，期待着天恩的出现，哪怕是一次都让我心情紧张和激动。但我不知道她是不是故意躲着我，她一次都没出现过。

一周后的周一课间，石头终于出现在我的面前。石头神秘地把我拉到学校外面。

"你这一周都跑哪儿去了？"我可逮到他了。

石头没说话，掏出烟吐着烟圈儿，扮起深沉来。

"今儿你这是要闹哪出儿啊？"看着石头这深沉的样子，觉得特可笑。

"那天晚上，你跟校花，后来怎样了？"石头抽着烟，并不看着我。

我笑了一下，吐了口气，缓缓地说："没戏啦！"

石头转过头，皱皱眉说："啊？真没戏啦？你就没对她说点啥？"

"说过了。"我摇摇头。

"你都说啥啦？"石头比我还着急。

"就说，我喜欢她。"我抿抿嘴，特别遗憾地说。

"那她怎么说啊？"

"她问我知不知道乐乐喜欢我，我说我喜欢的是她，然后她就摇摇头走了。"我夺过石头手里的烟，想抽一口，但犹豫了一下还是还给了他。

"那，你到底喜不喜欢乐乐呢？"石头若有所思。

我仔细想了想，认真地说："乐乐呢，跟她在一起是挺高兴的，我喜欢那种跟她在一块儿时候的感觉，而不是喜欢这个人。但你也知道，我心里就是对天恩放不下，那才是真的喜欢一个人，为了她，我什么都可以做……"

石头终于露出了憨笑，扔掉了烟头："兄弟，你说这话我就放心了。"

"啥意思？"我一下子被他的话弄糊涂了，"你不是一直都知道我怎么想的吗？"

"我知道是知道，但是我现在必须跟你确认一下。嘿嘿。"石头咳嗽了一下，手一挥，从拐角走出来一个人，竟然是一脸羞涩的乐乐，她不动声色地走到石头身边，抬头看我。

我是彻底蒙了，这到底是怎么回事？

“兄弟我告诉你啊，现在乐乐可是我女朋友了，你以后少欺负她！”说着就搂上了乐乐的肩膀。

乐乐挣脱了石头的怀抱：“走开，我可还没答应你呢！”说话的表情已经不是从前嫌弃石头的表情了，还略带着羞涩的神色。

我一下子明白了，开心地笑了起来：“兄弟真有你的啊！哈哈。”

乐乐狠狠地捶了我胸口一拳：“子涵我告诉你啊，我还会继续喜欢你。”这一句说蒙了我和石头，大笑的嘴还在张着，乐乐转换话锋，“你是我偶像啊！又会打又会唱，我喜欢你当偶像崇拜着不行吗？”也算是一笑泯恩仇。

“行，行，我兄弟不是偶像谁是偶像，我们都好好崇拜着他，把他当尊佛供着好吧！哈哈。”石头顺势奉承。

“承让，承让。”我也假装谦虚起来。

“偶像，你以后可休想再把我当摆设，再从我这里套天恩的消息，想都别想！”乐乐变了一副义正词严的样子，转瞬又和颜悦色地说，“不过，我倒是可以诚心地帮你，谁让你们都是我喜欢的人呢？”

“哎哟，乐乐公主，我就喜欢你这爽快劲儿！”石头又搂上乐乐的肩膀。

“助人为乐、成人之美，我谁啊？我乔乐乐就是这么爽快。”

随即，我们仨笑成一片。

“首先，要准备一杯优乐美。”乐乐告诉我这个独门诀窍。

“啊？优乐美？”我自己就喜欢优乐美，但不知道天恩也喜欢这个。

“你怎么这么木啊！你们不都是周杰伦的粉丝吗？怎能没有优乐

美？天恩每天必须要喝这个，缺一天都不成。”

“哦，这样啊。那然后呢？”我继续探索秘籍第二部。

“然后，就看你的诚心啦！你可是偶像啊！别再让我们失望哟。”

有了石头的鼎力支持和乐乐的真情相助，我再次有了面对天恩的勇气。

手捧着一大杯优乐美，我忐忑地等在天恩的教室门口。

天恩走出教室，第一眼就看到一大杯优乐美，然后是我灿烂的笑脸。天恩一脸的不知所措。我又掏出来保存了一年半的“半岛铁盒”，还有最重要的——那个写了歌词的曲谱《最简单的声音》:“这些，都是给你的。”

天恩看着手里这些，一件件地钻进眼睛，一件比一件显得珍贵。

“优乐美我喜欢,你也喜欢,我知道你送我‘范特西’,我就送你‘半岛铁盒’，这个歌词呢，是我早就写好的，你要做好准备的话，我就唱给你听……”少年涵等待着自己说出最重要的那句话，先准备一下比较好。

天恩抱着这些礼物，如获至宝一般地抱在怀里，却不知道该怎么回答我。虽然乐乐已经给她事先打了预防针，她也一直期待着，但这一刻就这么来了，她依然不知道如何是好。

“做我的女朋友好不好？”我终于痛快地讲出了这句话，长长地出了一口气。我伸出右手，等待着牵她的手。

几秒钟长如一个世纪，我都听得到心跳和秒针的声音。

“你要答应我一件事，”天恩好久才出声，“以后，不能再打架，可以吗？”

“好。为了你，怎样都行！”我也答应得干脆。

天恩最终还是把手放在我的手上，我轻轻地握紧，决定这一辈子都不会放手。

两双眼睛闪烁着光，像是两潭清亮的湖水，微起涟漪。

我看见青鹿在走廊尽头，伸长了脖子，对天长鸣。

天空晴朗，阳光无限。

“后来，我就一直在想，你当初为什么送我一张《范特西》。”我总算有了答案。

“很简单，因为我喜欢周杰伦，恰巧你也喜欢。”大恩并没有仔细想过这个问题。

我看着天恩纯真的脸，甜蜜从心里往外溢：“范特西，fantasy。你原来是许了我一个未来的幻象。”

天恩就那么看着我：“你真是想多了！哈哈。”

周杰伦许了歌迷一个未来，碰巧让她把这个未来送给我，让她成了我梦中的幻象，然后我把它慢慢地、一步步地变成现实，他竟然在无意中给我和天恩许了一个未来。

这，算不算是缘分呢？

天恩和我在校园中从来都不避讳彼此的关系，有时候会手牵手地走路，肩并肩靠着坐在草地上，我还会哼着周杰伦的歌给天恩听。

“你什么时候把那首歌唱给我听？”天恩的愿望一直就是这个。

“还不是时候。”我总是这么对她说。

“那你想什么时候呢？”

“等我做好一切准备，一定唱给你听。”

“嗯，我等你。”

我有时候会把我的梦讲给天恩听，那个神秘的森林，那棵会发光的香樟树，“在梦里，你会发光，像个天使一样。”

每次说到这里，天恩都会羞涩地低下头：“其实，有时候我也会梦到你。”

“我在你的梦里，是怎样的？”

“你总是低着头，我一叫你，就抬起头，用一双委屈的眼睛看着我，像个受伤的小动物。”在天恩的梦中，她都会有一种由衷的感觉，希望伸出双臂抱住梦里这个受伤的男孩，好好保护着他，给他温暖。

“我现在变得很强大，我可以保护自己。而且，我还能保护你。”现在在天恩面前，我突然觉得自己就是一个顶天立地的男人，可以随时为她伸开臂膀，遮风挡雨，迎接每一次来袭的风暴，我发誓要好好呵护着天恩，不让她受到一点伤害。

其实，初二退学之前，天恩为了去听我唱歌，她跑去了罗老师组织的合唱团，那天的学校汇报演出，她以为她会如约听到我的歌声、看到我自信的样子，但是等了好久，我都没有出现。后来她还去找过我，希望告诉我她退学的消息，但每次都落了空。

原来，那么多次失望的落空都是为了这漫长等待后的再一次重逢，曾经的心酸变成了此刻的甜蜜。

天恩靠在我肩膀上，嘴边的笑安静而甜美。她希望我们两个人能这么长久地走下去，就算走一辈子也心甘情愿。

一辈子还有多长呢？想到这里，天恩突然一阵心酸，默默地掉下两滴眼泪，还没等我发现就赶紧擦干了。

我为了实现对天恩的诺言，把“混混军团”的所有组织权都给了石头。有时候走到大街上，看见有人在打架，都忍住一双紧握的拳头，安安静静地陪在天恩身边。

天恩看得出来我的心思，就善解人意地说:“如果你的拳头痒痒了，就去打沙袋好了，只要不伤害到自己就好了。”

我终于又开始继续自己的拳击训练，甚至在宿舍的天花板上吊上了一个沙袋，什么时候手痒痒了，就去打两拳，也算是过过瘾，但有时痴迷了，一打就是一小时。天恩就在旁边看着，看到我打拳的样子，才发现那个受伤的小动物已经消失了。

有时候她会把毛巾围在我的头上，笑着对我说:“好像周杰伦呢。”

我扯下毛巾，边擦汗边傻笑，还会唱几句《双截棍》逗她笑。

Superdry

Chapter 5

有些路，走下去才会知道有多美

四 人 游

一个周末，天恩对我说:“走，去我家吃饭吧。”

我眨巴着眼睛:“去你家?”心里又是期待又是不安，“你爸妈不在家吗?”

“他们不在家我们喝西北风去吗?我妈做饭可好吃了，给你改善改善伙食。”天恩说得特别不经意。

“他们已经知道我们在一起啦?”我一直觉得，我和天恩之间的关系仅止于两人，从没有想到还会牵扯到那么多层关系，已经开始忐忑了。

“知道啊！我们在一起的那天，我就告诉他们了。”天恩还是轻描淡写。

“那他们怎么说？”

“我妈说，‘好’。”

我心花怒放，又觉得有些受宠若惊。

从学校到天恩家需要坐一小时的公交车，一路上我都没怎么说话，心里那叫一个五味杂陈，不知道进了门怎么面对天恩的爸妈。

天恩一推门，我就闻见了诱人的饭菜香，真是饿极了。

“爸妈我回来了，这是子涵。”天恩一进门就把我介绍给她爸妈。

“叔叔阿姨好。”我使劲咽了咽口水，低眉顺眼地站在门口。

“小不点回来了。”天恩妈站在门口迎接女儿归来，好像是等了好一阵了，但她并不怎么看女儿，一个劲地打量着我。她的那张笑脸很熟悉，有种似曾相识的感觉。

“妈您别这么看人家,都把人家看毛了。”大恩都替我不好意思了。

“快洗手去,小不点你带着这孩子快去。”天恩妈一脸喜气,“老韩，别在屋里躲着啦，俩孩子都回来了，快出来吃饭。”

一家人围着饭桌坐好，天恩爸说了句“吃饭”，就开始自顾自地吃起来，天恩妈一直笑着看着我，天恩给我使了个眼色，让我动筷子吃起来。

“这孩子怪腼腆的啊。”天恩妈一个劲地给我碗里夹菜，“尝尝阿姨的红烧排骨。”

“你就别拘着啦，快吃吧，平时也没见你这么放不开，快吃啊！”天恩把我平时的样子一语道破，“你不吃，我可都吃啦！”

我稍微放开，开始往饿扁的肚子里填好吃的。

天恩爸吃得很快，吃完说了一句：“小不点，你和你朋友好好吃啊，挑你们爱吃的。”说完就躲进屋里去了。

“这个家伙，家里来了客人也不知道多待会儿。”天恩妈倒是很随和。

我问天恩：“你为什么叫小不点啊？”

还没等天恩开口，天恩妈就抢着说：“生天恩那时候，我身体不太好，早俩月就把她生下来了，她一生下来就特别小，跟只小耗子似的，特别可怜，我就特别心疼，就小不点小不点地叫起来了。”

“妈，有您这样说自己闺女的吗？我才不像耗子呢。”天恩笑着白了一眼天恩妈。

我也跟着笑起来：“没事，我生下来的时候也挺小的，还特黑，我妈也说我像只灰耗子。”

“你看不是，当妈的都这么说自己孩子，你还不乐意了。”天恩妈摸了一下天恩的头，天恩躲开了，天恩妈继续问我，“子涵，你是几月生的啊？”

“我比天恩大四个月。”

“嗯，男孩子大点好。那以后我就叫你‘大不点’得了，叫名字显得见外。”

我喜欢这个称呼。

突然间，我看到天恩妈脸上露出了一种仿佛是芭娜奶奶的笑容，

越发地亲近了。

上了寄宿高中，我越来越讨厌周末。学校的周末空荡荡的，所有同学都回家了，我不想回家，因为周末是爸妈最忙的时候，不是出差就是加班，回了家也是一个人待在冷冰冰的大房子里发呆，没有嘘寒问暖，也没有热乎的饭菜，吃饭的时候还要自己找饭吃。所以，有时候我更愿意跟着石头回家，就算见到石头那个傻妈妈，都觉得心里暖暖的。

但自从去了天恩家，每到周末我就把这里当作自己家一样，天天等着天恩妈妈做好吃的。

天恩妈也喜欢家里人多热闹，还一口一个“小不点”一句一个“大不点”地叫着天恩和我，就好像是家里两个最心疼的宝贝一样；我也不再叫“阿姨”，那样见外，直接改了称呼叫“玉环妈妈”（天恩妈叫蒋玉环）了。

“下次回家，我给你们做红烧带鱼。”玉环妈妈走到门口送我俩出门，她拉着我的手嘱咐着，“在学校，你要好好照顾小不点啊！”

“哎哟，妈，您就别啰唆了。”天恩拉着我走了。

我诚恳地点点头：“放心吧，玉环妈妈。”

玉环妈妈一直目送着我们走出楼门口，直到看不见我们的背影。

关上门，玉环妈妈走进天恩爸的屋里，扶着他的肩膀，笑中带泪地说：“老韩，你看到天恩那开心的样子没有？这孩子也算是有福了。”

天恩爸静悄悄地拍拍那只落在肩膀上的手，点点头。

第一次也是唯一一次的四人出行，一对好兄弟和一对闺密。

石头骑着自行车，后座上坐着我，天恩和乐乐各骑了一辆自行车。我们穿梭在春天的林间,阳光从树叶的缝隙间一明一暗地照过来，看着我们这几个沐浴着青春光彩的少男少女，欢笑与忧愁都仿佛人间最简单却最美好的时光，就那么轻易地流转着。

自从天恩成了我的“身边人”，石头就很知趣地悄悄消失了，有时候我发现了，就会想，乐乐还会陪在他身边，他们也需要独处的时候，就像我和天恩之间一样。不过想想，确实很久没有真的关心过石头了。

“我就特好奇，乐乐怎么会跟你好上了呢？”

“兄弟你不厚道啊！怎么就不能跟我好呢？”

“我就是好奇啊，你快跟我说说。”

“其实吧，我一直都挺喜欢乐乐的，从一开始见到她的第一面。”石头对我从来都直言不讳，但是这些话不问他，他也不会主动对我讲出口。

“哟嗬，还一见钟情呢？你怎么不早说呢？”我眼前浮现出第一次见到天恩的样子。

天恩骑着车沐浴着阳光，她正在向我做鬼脸，我心里美美的。乐乐从后面赶了上来，天恩使劲骑了起来，追了上去。

“不是怕你喜欢上她吗？看你们俩聊得那么欢，我怎么能夺兄弟所爱呢？”石头骑得有点气喘吁吁的，但还不停地讲。

我坐在自行车后座上，看看石头肥硕的后背，心里有一股酸酸的感觉，喃喃地说:“你为什么对我这么好？”

石头并没听到我的喃喃自语，继续说自己的:“但那天在 KTV，你说你喜欢的人是校花不是乐乐，我就放心了。乐乐跑出去，我就不顾一切地追了出去。”

我想想那天晚上，觉得乐乐的确挺委屈的，幸好还有一个默默喜欢她的石头。“那天晚上，她特委屈吧？”

“要不是那天你那句话，兄弟我哪儿有那机会啊。她跑我就追啊，跑得还挺快，过马路都不看车，我一把就把她给拽回来，你猜怎么着？她就把我当一个大枕头，靠我肩上哭了一晚上，路上所有人都把我们当怪物看啊。我才不管呢，就让她哭个够吧！你知道你把她都委屈成啥样了吗？”

“怪我，也只能怪我！”我叹了口气。

“这事谁都怪不了，只是我们一开始这么做，对乐乐确实有点不公平。”

“那她现在对你怎么样？”

“打是亲，骂是那啥呗。哈哈。”又听到石头爽朗的憨笑，我心里就踏实多了。

我们坐在草坪上，野餐是这一天最重要的一环。

乐乐坐在石头身边，让石头递给她这个，还要吃那个，让石头忙活得不亦乐乎，石头也乐意这么伺候人，乐乐看着忙中有乐的石头，也跟着边笑边闹。

其实，乐乐心里有一丝酸。看着对面的我和天恩，我们虽然并没有像她和石头之间的嬉笑打闹，只是安静地相处，却让乐乐羡慕在心里。“如果把天恩换成自己的话……”乐乐总是会这么想，但这个念头刚一冒头，乐乐就把它掐死。

然后，乐乐大叫一声“石头”，石头应着：“我在呢，公主你还要吃啥？”

面前这个小胖子还真是让乐乐心服口服，虽然一开始总觉得他一无是处，直到那天晚上她趴在他肩头哭了一晚上，他就是那么坚持陪着她，乐乐才发现了他的好——他的执着和可爱。

后来，见到石头的时候，乐乐都会问一句：“子涵呢？”

实在的石头总以为乐乐还没有过去那晚上受的委屈劲儿，心有芥蒂而无法释怀，就约了我出来，把这段误会讲清楚，不然心里总是有个大疙瘩放在那儿，谁心里都不好受。

当乐乐听到我一谈到天恩时眼睛里那束期待的光芒，她确定了，我对天恩是真的。乐乐从那一刻开始，也决定把自己对我的喜欢深埋在心底。

天恩把烤好的鸡翅递给我，我接过吃了起来，自然而然且显得理所应当，乐乐眼中飘过一丝感伤，但转瞬间就被她自己抹掉了。

“来，公主吃香肠。”石头递过来一根烤好的香肠给乐乐。

“猪头才吃香肠呢，你给我好好吃。”乐乐大笑着把香肠塞进石头嘴里，石头甜在心头。

吃饱了，我和石头、乐乐在唱歌聊天，天恩要到周围转转。

天恩看到树林里的小野花开得格外鲜艳，开始采起来。

她听到树林里有动静。顺着声音，她扒开树枝向外看，惊呆了。

树林里竟然有一只优雅美丽的成年青鹿，默默地低头吃着草，它似乎觉察到有人在看着它，警觉地抬起头，冲着天恩藏身的方向望过去。

天恩看着它，它有一副健壮的身躯、一对盘错复杂的鹿角、一双可以洞悉一切的眼睛。在那双眼睛中，她看到了熟悉的神色，就像第一次见到我时那双委屈的泪眼，以及久别重逢之后我的那双期待的眼睛，那些神色都在不远处这只青鹿的眼睛之中。

青鹿悠悠地转过身，朝着天恩的反方向走了出去，走了两步，又回头看向她，似乎要天恩跟着它。天恩扒开树丛，跟着青鹿走出去。

青鹿走走停停，和天恩保持着不远不近的距离，天恩好奇这只神奇的青鹿到底从哪儿冒出来的，也不知道它到底要带着她去哪儿。

青鹿走到一棵树下，停了下来，静静地卧在那儿，等着天恩走过去。

忽然起了雾，天恩感觉走了好一阵才走到那棵树下。雾散了，天恩围着树转了一圈，却发现青鹿已经不见了。

天恩这时候才觉得自己走了很多路，腿已经累到酸痛，扶着树干坐了下来，揉着小腿，却不知不觉地睡着了。

“天恩，你怎么跑到这里来了？”天恩被摇醒的时候，看到眼前的我们仨。

“有一只鹿。”天恩还在迷糊中，但她还记得那只青鹿。

“在哪儿呢？这地方怎么会有鹿？”乐乐在周围寻找着。

“你看到了，鹿？”一股清泉般的激动从我心底涌到嗓子眼。

她也看到了那只青鹿，那只只属于我的青鹿？

我莫名地兴奋起来，好想就那么把天恩抱起来。

突然，我觉得眼前这个地方特别熟悉，似乎已经来过很多次的感觉，一片森林、一棵树、眼前的天恩——对，就是那个出现在梦中的场景，除了没有神秘的光晕，一切都是一模一样的。这片森林难道就是那片神秘森林？那这棵树莫非就是我一直魂牵梦萦的香樟树？

江湖告急

美丽而简单的时光总是那么短暂，总是在还不知道珍惜的时候，就轻易地被挥霍掉了。

那天中午，教室里没有人，天恩买了两杯优乐美奶茶来找我，我们面对面喝着，无比香甜，时光就像浓郁的奶香飘在空中，弥漫了整个教室。

“周董当导演了，拍了一部电影叫作《不能说的秘密》。”天恩总是第一时间追着周董的任何消息。当然，这些也是她和我之间的纽带，从一开始就是这样的。

“天恩，你说，我能成为像他那样的人吗？”

天恩认真而仔细地端详我的脸，真心而诚恳地点点头：“嗯，我相信你一定能。”

我很开心，捧着天恩的脸：“我一定要成为那样的人。”

看着这张精致的少女脸庞，曾经那么遥不可及，而眼下，它就在眼前，那么近那么近。此刻的我是那么幸运，能和这么好的女孩面对面度过这些时光。

我离她越来越近、越来越近，天恩慢慢闭上了眼睛，等待着那张嘴的触碰。听得见彼此的呼吸，感受得到对方鼻翼的张合，以及嘴唇微微颤动的表情，即将碰上的期待好像是瞬间就要绽放的花瓣，只要一触动就会绽放出最灿烂的花朵。

就在这个关键的时刻，一个嘴唇马上就要碰到另一个嘴唇的时候，一个人闯进教室来。

我和天恩被惊醒了一般，同时回头盯住那个闯入者。

杨勇，那个被我打得落花流水的高三大个子，他如鹰般地盯着教室里的我俩。

我真是又好气又好笑，气他为什么偏偏在这个关键的时刻成为这个讨厌的闯入者，笑的是他为什么这么久才来“寻仇”？

“你来做什么？”我气急败坏地问杨勇。

“来找你！”杨勇的语气很强硬，充满挑衅的火药味。

我扶了下天恩的肩，站了起来。但就在那个瞬间，我感觉到天恩身体的震颤，她是在害怕吗？然后使劲地按住她的肩，轻声地说：“天恩，你先走，回头我找你。”

天恩抬头看着我，眼神里充满着恐惧感，也有一种祈求的神色：“有话好好说，能不动手就千万别动手！”她的声音很轻微，轻得几乎听不到。

我听到了，对她微微点了头。天恩犹豫地走出教室，她不知道接下来会发生什么，也不知道能做些什么。对了，要第一时间找到乐乐和石头。她手里还拿着优乐美，走得太急，手一滑奶茶洒了一身一地，但这些都不重要了，他们到底在哪里呢？

我看杨勇单枪匹马，也没带着家伙：“你敢一个人来？”就他一个人，这点自信我还是有的。

杨勇听到这句话，锋芒收敛了一些：“我今天找你，不找你打架。”

“那你来做什么？找我不打架还为什么？”我一时都被他搞糊涂了。

杨勇咬咬嘴唇，想了想说：“来找你帮忙。”

“你找我，帮你忙？”我更糊涂了。

“三五技校你知道吧？想让你带着你的兄弟们去干一仗。”杨勇简短直接地说。

我有点犹豫，毕竟已经答应了天恩以后不再打架，但面对这样的挑战，心里又有点痒痒。

“我的一个兄弟被他们学校的一帮混子欺负了，腿给打折了。但你知道，他们学校是这片有名的横主儿，没人敢惹。我的兄弟们实力不够，他们指名道姓让你带着你的兄弟们一起出面，才能把这事摆平。”杨勇不像一进门那么冲了，其中似乎还掺杂着一些恳求的语气。

我听到自己学校的兄弟受了欺负又丢了面子，从前身体里流着的

激情血液立刻被激发得汹涌奔腾。但答应了天恩的话，又该怎么办？

就在此时，教室外开始熙熙攘攘地闹起来。

打开教室门，我看见杨勇的兄弟们已经聚在门口。“涵老大，你要帮兄弟们争回这口恶气，不然我们都抬不起头了。”有人见到我，开始撺掇我的斗志。

“涵老大，争面子！涵老大，争面子！”所有人跟着有节奏地喊起来。

石头从人群中钻了进来：“兄弟，怎么了？杨勇，你要做什么？还想打一架？”

我让石头先冷静下来，把事情的经过大概说了一遍，石头的斗志也被激了起来：“兄弟，怎么能咽下这口气啊！咱就大干一场吧？”

看着石头、杨勇和眼前这帮兄弟，我心里做了个决定。好。就再打这一场，从此再也不动手了。

我大喊一声：“你们必须听我的，一切都要听我指挥。”说完这句话，我又觉得自己浑身有了使不完的劲，这么长时间没使出来的力道都在这一刻蓄势待发。

所有人安静下来，等着我的安排。

这时候我的神经都绷紧了，但有些东西我知道是天生的本领。

比如打拳的本事，别人可能练一个月都没有成果，我却在一周之内就见了成效；比如音乐天赋，旋律和节奏可能都在心里，但我可以写出来可以唱出来，还很不错哟；比如功课，只要我愿意学，那些不愿意搭理我的方程式、定律都会乖乖地爬到我脑子里面来……

有时候，天赋搭配后天的执着，一定就会出成果，这就是我的定律，战无不胜。

至于规划，那次我还是第一次接触，但我自信地认为，我也是可以当领头人的！

这次是一场恶仗，不再是小打小闹，必须要事先规划一番。

我浑身是劲，但细致入微的规划对我来说，的确还从没碰过。

“石头，你去跟所有同学每人借五元钱，越多越好，但必须是‘借’，不是要，这点很重要。”第一步是筹款。

“一共是三千七百六十五，这笔钱怎么用？”石头把筹到的钱拿到我面前。

“杨勇，你去摸清技校那帮人固定的作息和经常出现的地点；石头，你去包两辆面包车，再去买些家伙儿，越多越好。”

我从没这么缜密地规划过任何一件事，但这次我把每个环节都从头至尾想了又想，直到觉得一切都万无一失，打架也要打出水平，无招无式不是我的风格。

兄弟们不知道我这些前期工作到底是为了什么，不就是打一场大架吗？用得着这么多环节吗？但这一切都被杨勇看在眼中，他虽然并不太明白我的做法，但他知道我的做法与众不同，要让别人输得心服口服，不是一招一式就能搞定的，胡乱打一气的方式已经过时，要有统帅的头脑和精密的部署，才能成为领头人。混混也要有头脑，光靠拳头说话已经不好使了。他等着我最后的出招。

第二天一早，我们就来到技校混混们经常出现的小区，我让兄弟们跟每栋楼每个单元的居民们讲好条件，“动手时千万别让他们出门，免得伤到人”；再让兄弟们都埋伏在单元楼里，“等待时机成熟，听我的命令就动手”。

等待天色逐渐暗下来，三五技校的混混们耀武扬威地回来了。我见时机成熟，喝令一声，埋伏的兄弟们一拥而出，技校混混们见中了埋伏，人多势众，逃为上策，正要向小区门口跑出去，石头带着两辆车堵在门口，混战开始了。

尘土飞扬，势均力敌的两派人马动起手了，青春激昂、激情飞扬、让人血脉偾张，每一个毛孔都在呐喊，每一次呐喊都声嘶力竭。

那个腿上打着绷带的高三生指着其中一个俨然有点带头人气质的技校生，我看准了那个人，气势汹汹地走上去。那个人个子很高，但很清瘦，动起手来也不手软。我突破重围，走到他面前，利落地飞起一脚，把他狠狠地踢倒在地。那人疼得张嘴吐着粗气，一骨碌爬起来，一拳如重锤般飞过来，直冲着我的左脸打来，我看准出拳的走势，一个侧身躲开，顺势用双手托住他的身体，一把把他整个人推了出去，那人在空中飞了一会儿，然后重重地撞在地上，由于是腿先着地，他身体攒成一团，双手捂着左腿大叫起来。

这一切都在杨勇的眼中上演着，他并没有亲自上阵，却一直躲在幽暗的角落里看着我的每一个安排和每一个出招的细节。他从心里佩服：小小年纪就这么有头脑有战术，真是没辱没“狼人涵”的名号。他脸上露出了一丝诡秘冷笑，然后掏出了手机，按下了号码 110。

混战还在继续中，但显然是因为技校一帮没有事先的预备，逐渐败下阵来。

远处响起了警笛声，有人大喊：“警察来了，快跑！”

石头眼疾手快，一把抓起我的手，把我迅速地拉上了面包车，并不忘对兄弟们大喊一声“快撤，警察来了”，然后让车赶紧开走。

我红着眼睛大喊：“警察怎么会来？谁报的警？”

车一溜烟开走了，兄弟们瞬间散了，只留下一帮被打得无法动弹的在地上呻吟。

杨勇已经换下了校服，一个人站在楼顶上，看着这一切，脸上露出了瘆人的冷笑。

劫难之后

暗夜，没有光。

那片森林里没了从前的奇异之光，香樟树依然矗立在那里，青鹿就站在树下。

我踉跄地走过去，坚持着，最终还是扑倒在青鹿的脚下。

突然觉得好累，气喘吁吁地抬起头看着青鹿，青鹿像尊雕像一般站着一动不动，却并不和我对视，只是一味地望着森林深处。

一个声音传来：“你没得救了！”

青鹿朝着声音的方向飞奔而去，我想追上去，却根本动弹不得。

我一身冷汗，从床上坐起来，森林里的香樟树不见了，青鹿也跑掉了。你没得救了！我还听得到那句话，却一时不知道身在何处。

石头爬起来：“兄弟，做噩梦啦？”

黑暗中，我看到石头一脸紧张，却不知道为什么突然掉眼泪了。

石头摸摸我的头：“好啦，没事了，噩梦都是反的。”

“我太没用了。”我发狠地说。

“哪儿的话？兄弟可是最棒的，可别说这丧气话。”石头觉得说这话也有点没底气，叹了一口气。

躲在石头家的那几天，石头告诉我，警察去了学校找兄弟们问话，有人供出了我是这场恶仗的幕后策划人。

“妈的，别让我知道是谁说的，知道了老子把他撕巴了喂狗去。”石头恨得牙根痒痒，又来安慰我，“兄弟，你这阵可千万别去学校，就安生在我家躲着，他们找不到这破地方来。”

石头妈拿着几个馒头走过来：“娃，乖哟！”石头接过馒头递给我。

我面无表情地啃着馒头，看着石头妈憨笑着拍着石头，石头下意识地躲开了。

“石头，石头在家吗？”有个怯生生的声音在门外响起。

石头打开一条门缝，是乐乐：“你怎么来了？”

“我听说你们出事了，问了好多人才知道你住在这里，你们都还好吧？急死人了你，你没伤到哪里吧？怎么就打起来了呢？你这是为什么啊？”乐乐已经语无伦次了，语气中心疼大过埋怨。

我从门缝看出去，石头一下子把乐乐拉到怀里，乐乐哭得梨花带雨：“你不知道我知道你们出事了，有多着急吗？警察都跑到学校去找你们了……”

石头一直安慰着：“没事没事，你看我不是好好的吗？”

“子涵也没事吧？天恩都急病了，在家还给我打电话让我一定得找到你们。”

我一阵心痛。“不到万不得已，千万别动手。”天恩那句话突然反复地在我脑子里响了起来。怎么就脑子一热，不顾后果地打起来了呢？

既然出了事，就要一人做事一人当，不能连累了石头。

趁着乐乐和石头说话不注意的时候，我偷偷从后门逃了出去。

石头妈看到我，还在憨笑：“乖哟，娃！”

热闹的夜晚街头，到处都是人，灯火都还通明。但这一切却显得那么与我无关，我只觉得自己身处一个无人之境，只有自己一个人处在黑暗之中，潮湿、阴冷，虽然现在已经是六月初了。

为了不给石头找麻烦，那天从他家跑出来，我就一直待在一家闹市的麦当劳里面，由于二十四小时通宵不打烊，总算让我有了个还算是安全的栖身之处。店员们见到我都一脸嫌弃，几次像是赶走流浪汉一样地赶我，然后我就掏钱买一包最便宜的薯条，也就没人赶我走了。

“爸，是我。”我往家里拨了好几回电话，一直没人接，最后总算是打通了。

电话那头沉默了好久，听得到爸的喘气声和叹气声。

半天，爸才开口讲话:“你到底躲在哪儿啊？”虽然语气平和，还是能听到他的着急。

眼泪开始止不住地往下掉，但尽量忍着不让爸听到:“我在外头躲着，暂时没事。”

“没事？警察干吗来家里啊？”爸的语气突然就崩了。

“爸，你听我说啊。”

“还有什么可说的？孙了涵我告诉你，你千万别让我找到你。只要我找到你，我就报警，不把你送进去住两天，你就不知道学好！”

“爸，我……”电话那头爸已经挂断了，我感到全身一阵发凉，很绝望。

就像是丢了桨的小木船，没了方向，也怎么都靠不了岸。

我看着麦当劳里的人来人往，有父母带着孩子来吃东西，孩子挑了儿童餐，父母就趴在桌前看着孩子吃，孩子吃得欢，父母看得高兴。

我的心像被绞着一样的痛。爸妈从没带我来吃过一次麦当劳，小时候是因为穷，后来富裕了是因为忙，我就像是个被抛弃的孤儿，几乎感受不到爸妈给我的一丁点儿温暖，除了定时给我放在门口桌子上的生活费，可我连你们的面儿都见不到，这点金钱的补偿就够了吗？

所以有时候,我会从石头妈那声“乖哟,娃”里面寻找到一点慰藉，还有玉环妈妈，她对我的那无微不至的照顾简直就像是她亲生的儿子一样，她每次叫我一声“大不点”，我的心就流过一股暖流。

是啊，无论是石头妈那声“娃”还是玉环妈妈那声“大不点”，我都能感觉到心里的热血在流动着。从小都没有被爸妈唤过一声小名，他们高兴的时候就叫一声“子涵”，生气了就连名带姓地大吼一声；在学校里，小同学都懒得给我起个外号什么的，在他们眼中，我就像是空气一样的透明人，他们哪儿还有给我起外号的可能呢？后来，打架打出了名堂，才被称作“狼人涵”“涵老大”，就算这些绰号我自己并不太喜欢，但也算是被重视到了。

泪眼婆娑，我已经看不清眼前吃着儿童餐的幸福的小孩。我狠狠地抹了一把眼泪，深深地咽了口口水。

去自首

憋了两天，我还是忍不住给天恩家拨通了电话。

“天恩，是我。你，还好吗？”一时语塞，我不知道要对天恩说些什么，其实就是想听听她的声音。

“子涵，是你吗？真的是你吗？你到底在哪儿啊？”天恩一听到是我的声音，已经呜咽到不能自已，话也说不上来了。

“是我，是我。天恩，你别着急，我还好，还好。”一听到天恩的哽咽声，我的眼泪就决堤了。这辈子的眼泪，几乎都在那一刻流光了。

“大不点，你听话，告诉我你到底在哪儿躲着呢？”是玉环妈妈的声音，她的语气很镇定，“我们去找你！”

我忍住眼泪，用尽量不带哭腔的语气对她说：“玉环妈妈，我不能连累你们，我不能去你们家。”

“你必须告诉我，必须！”玉环妈妈换了命令的语气。

“我，现在还算安全，就在市区一家麦当劳里。玉环妈妈，我没事，过两天风头过去了，我就去看天恩。”我不等玉环妈妈再说什么，就挂了电话。

已经深夜了，我一个人靠在电话亭边上，看着这深不可测的夜。

闹市区的深夜，还是灯火通明，有年轻人三三两两地从我身边走过，并不会在意我这个失落的少年。

幸福的人总是把表情都写在脸上，而他们的幸福大抵都是相同的；但不幸的人总是把故事刻在心里，不便分说，但这些截然不同的不幸只有自己才会知道，它到底有多痛苦、多难受。

街上行人匆匆，几乎没有人停下脚步，似乎都在赶着回家。人群中，有个驻足的身影远远地望向我伫立的方向。是青鹿，我很确定地看到它站在熙熙攘攘的路中央。我不顾一切地跑上去，而青鹿就那么一动不动地站在原地盯着我。

一辆车飞驰而来，我看到它正朝着青鹿撞过来。我拼了命地跑过去，但已经来不及了，闭上了眼睛的那一刻，我听到急刹车的声音，“扑通”一声巨响。我耳鸣了。

“找死啊？想自杀别站路中间啊！”

睁开眼睛，我自己竟然躺倒在路中央，那辆车就在距离自己只有几厘米的地方停下了——青鹿呢？

那个司机正在向我谩骂加怒吼，我只是耳鸣，什么都听不见，呆坐在地上，狠命地抓着自己的头发，一言不发。

过了零点的麦当劳几乎没什么人了，偶尔有人来买外卖，看到坐在角落里神情恍惚、外表邋遢的我都吓了一跳。员工们不知道我受了什么刺激，也不敢过来轰我走，清洁阿姨走过来打扫，蹑手蹑脚地放了一个汉堡和一包薯条在桌上，我机械地拿起来，往嘴里送。

青鹿还站在路中央，车飞驰而来，它并没有躲开的意识，似乎是在等着那辆车朝着自己撞上来，有种视死如归的意味。它只是一味地望向我，眼神里有那么一丝的动容。

车越来越近，只有几厘米距离的瞬间，一个身影倏地窜了过来，将青鹿扑倒，让它飞到路边。车撞过来，一声急刹车，以及一声摔倒的巨响，路中央一片狼藉，血慢慢从车轮下流出来，染红了路面。

车底下，借着灯光，可以看得清，是一匹张着嘴露着獠牙、倒在血泊中正在抽搐的少狼……

“不要！”我喊出声来，脸上是泪，浑身是汗。

张开眼，是个梦，惊醒我的噩梦。

“子涵，子涵。”眼前是红了眼睛的天恩，还在梦中吗？

“总算找到你了。”天恩身边是玉环妈妈，还有天恩爸。

“我们回家。”天恩抱住我，眼泪止不住地流。

“回家？”我真实地被天恩抱着，还在半梦半醒之中游离。

上了车，天恩爸开着车，玉环妈妈坐在副驾上，天恩陪在我身边。所有人都不说话，我傻傻地坐着，不知道应该说什么，车里的空气凝滞得有些憋闷，我摇下一点车窗，风从窗缝里吹进来，额前的头发被吹得微微抖动。天恩静静地靠在我肩头，默默地说了一句：“你回来，就都好了。”

天恩爸打开房门，就走进自己的房间；我走进门，看到墙上的钟时针指着三点；天恩给我拿来她爸的睡衣，让我换下来脏衣服，然后拿着去了卫生间；玉环妈妈径自走进厨房，一会儿就飘出了诱人的饭菜香。

洗了澡出来，桌上已经摆好了我最爱吃的红烧排骨，热腾腾、香喷喷的，我实在是饿坏了，却觉得这顿美味来之不易，摆在自己面前的一切这么吃下去就不见了。我咕咚咕咚咽着口水，却不舍得放进嘴里，眼泪已经掉进饭碗里。

暖。我回家了。

我被安排睡在天恩爸身边，夜深了，眼前这个爸虽然沉默寡言，但我却觉得比我还亲切，我看着他的后背，感觉就像是一家人。

天恩爸并没睡着，翻了个身平躺着，看着天花板，慢慢地说：“我们知道你对小不点好，但你真别让她再着急了。她，不能着急。”

我坐起来，指天发誓：“您放心，我再让她着急，我就是混蛋。”

第二天一早，我做了个决定——去自首，无论后果如何！

为了天恩一家人对我的好，还有石头和石头妈的平安日子，以及为了爸的绝情，我必须这么做。既然自己做错了事，就要付出代价，即使这个代价会有多严重的后果。

瘦小的十六岁的我站在派出所，显得那么不起眼。

我对那场恶战直言不讳，从最初的策划到最后的实施，我都一人承担下来，其中并没有出现石头和杨勇的名字，我没有帮凶，一切都是自己的年少轻狂所为。

警察都被我的仗义惊呆了。但在他们眼中，无论如何，在法与情之间，前者都必须站出来说话。我真的不知道后果是如此惨重，虽然自己的兄弟们伤势并不怎么严重，但技校帮伤得却是相当严重，尤其是那个被我打倒的家伙，他被打得小腿、肋骨多处骨折，以后还有可能落下残疾。

为此，我被法办拘留。

青春，或许总要经历一些事，才知道怎么成长。

即使这个代价是惨痛的，也必须要自己承担。

十天之后，我被放了出来。我并没有等来什么审判。

走出拘留所大门的时候，我看到子诺站在门外，她对我撇撇嘴。

“你怎么来了？”我觉得奇怪。

“我不来，谁还管你？”子诺没好气。

看看周围，没有别人，只有子诺一个人来接我，“你怎么知道我今天出来？”

子诺本来已经往前走了几步，觉得还是应该让我知道真相:“是爸让我来接你的。”

“爸？他自己怎么不来？”我一听到“爸”这个称呼，就想到那个挂断的电话声。

“子涵，你十六岁了，也该长大了！”子诺叹了口气，语重心长得好像个家长似的，“这回你回家，可要好好给爸承认个错误！不是爸赔了人家二十万的医药费，不是他在市公安局局长家门前跪了一整夜，你会这么快就没事啦？你知道吗？天下最疼孩子的只有父母！你给我记住了，以后要打架动手，先想想爸吧！”

一声闷雷在我的胸口滚动着，就快要炸开了。

爸，对不起。

深夜，爸回来了，桌上有一张字条。

我在上面写着几个字: 爸，我回来了。

不能说的秘密

高二暑假，我攒了几个月的生活费，决定和天恩去一趟心神向往的北京。

玉环妈妈来送站，泪眼婆娑地说：“小不点，你还没出过远门呢，一定要照顾好自己。”

天恩抱抱她：“妈你放心吧，我又不是一个人走。”看看身边的我。

玉环妈妈把一个精致的小布包塞到天恩的手里：“我都给你分好了，你要记得每天都吃，一顿都不能落下。”天恩迅速地把布包塞进包里，“嗯，我会的。”

我凑到玉环妈妈身边：“您放心吧，我会比平时还要好好照顾小不点。在外头，我就是顶梁柱。”

玉环妈妈拉过我的手，轻轻拍着，语重心长地嘱咐道：“你们年纪都还小，要特别注意安全。”

这话里有话，我也心领神会：“玉环妈妈，我明白。出门在外，我是哥哥，她就是我亲妹，我们俩会相互照顾，注意安全。”最后四个字我讲得特别响亮。

“好，你们都是好孩子。”玉环妈妈说完下了火车。

一路上，我对天恩照顾得无微不至，天恩也乐得这样被照顾着。天恩闭着眼靠在我的肩膀上，看着窗外飞驰倒退的风景，感觉到无比幸福。

第一次踏上首都的土地，在我们眼中一切都显得那么新奇，我们逛遍了北京各种名胜古迹，爬长城、逛故宫、在长安街上大步走、在三里屯散步，就算是走到累折了腿，只要是在一起，都不会觉得累。

天恩看着每一处风景都会特别兴奋，整天蹦蹦跳跳的，话也比平时多了很多，脸上没有一刻不是挂着笑容；看着天恩这么开心，我也特别开心，用手机给她拍下来各种照片。

“这张不好看，脸都笑歪了。”天恩一直笑着看着手机里的照片，又不舍得删掉。

“我看每一张都特别好，笑歪了多自然，是真情流露。”我凑过来一起看。

“哎，都没有合影。来，我们自拍一张。”

天恩把手机举到头顶，两张脸凑在一起，露出最灿烂的笑容，“咔嚓——”

“啊，你的脸怎么比我的还显小？”天恩不依不饶，再拍。

这就是我们的“范特西”吗？真实得那么虚幻，好像梦一样。

我希望这个梦永远都不要醒，永远一起这么开心地走下去。

晚上，我们回到酒店房间。房间是个标准的双人间，这是我算计好能付得起的最好的酒店房间了，虽然不大，但是很温馨，中央空调的风扇有轻微的嗡嗡声。

我打开电视用遥控器换着频道，天恩拿着睡衣走进洗手间，一会儿传出来哗哗的水声。我喝了一大杯白开水，转身走到落地窗前面，看着车水马龙的北京夜色。

天恩湿着头发走出洗手间，身上已经换好了 hello kitty 的睡衣，一边用毛巾擦着头发。这是我第一次见天恩穿睡衣的样子，就好像是一朵圣洁的睡莲，跟梦里那个发光的天使天恩如出一辙。我又倒了一杯水，咕咚咕咚地喝了下去，“我去洗澡。”

躲进洗手间的我迅速扒光了自己，一个猛子扎进浴缸里，水有点凉，每个毛孔都极大程度地张开，起了一身鸡皮疙瘩。最可怕的是，我感觉到身体的不对劲，顿时感到十分罪恶。又把冷水龙头开得更大一些，冷水能让我清醒点。水没过身体，我把自己整个泡在冷水里，就像当初在羊水中的婴儿一样蜷缩着。

玉环妈妈的话响在耳边：“你们年纪都还小，要特别注意安全。”我一下子钻出水面，抹着脸上的水。

打开洗手间的门，天恩已经安静地躺在大床上，似乎因为太累，已经听得到她轻微的呼吸声。

我围着浴巾傻呆呆地站在原地看着睡着的天恩。磨蹭了半天，还是轻轻地躺了上去，规规矩矩的，害怕惊扰了熟睡的天恩。平躺在床上，我看着天花板，除了天恩的呼吸声以及洗手间滴水的声音，还能听到自己急促的心跳声，还有自己的微喘声。天恩头发的香气一阵阵地飘过来，我感觉到下体就那么微微凸起，坚持地挺起来。我闭着眼睛，一动都不敢动，冷静！再冷静！

天恩翻了个身，脸面向我，鼻子里呼出的气直接吹进我的耳朵。我更不敢睁眼了，使劲压抑着自己的心跳和呼吸。突然，天恩的手就那么搭在我胸口，就像是被电到一般，我浑身上下一阵震颤，出了一头冷汗。

天恩喃喃地说:“抱抱我吧。”我不知道如何是好，就那么平躺着，把手搭在天恩肩上，轻轻地触碰。天恩就那么钻进我的怀里:“就这么抱着我，好不好?”我抱紧了一点，微微睁开眼睛，天恩像只小猫一样依偎在我的怀里，我觉得好心疼，硬挺的下体也就不那么难受了。

我们俩就这么拥抱着睡着了，甜美地进入了梦境。

梦里，天恩拉着我的手，一直跑一直跑，跑进了那片森林。森林依然有光，我们跑到那个发光的香樟树下停下了脚步，青鹿在那里等着我们。我们两人一鹿围着香樟树嬉戏着,欢笑声和鹿鸣响彻森林，我们被浓雾笼罩着，慢慢地飘了起来，我搂着天恩，生怕她掉下去。

依偎在我怀中的天恩闭着眼睛幸福地笑着:“我爱你。”

抱着天恩的我吻着天恩的额头，紧紧地抱着她:“我会好好爱你。”

沐浴在爱河里的人总是那么没心没肺地开心着，什么都不顾，忘了所有顾忌。

周董自编自导自演的电影《不能说的秘密》终于上映，等了那么久的我俩总算能在电影院与偶像“相见了”。电影里的叶湘伦和路小雨的爱情纯情而真挚，只是之间隔了一个不能说的秘密。我俩有着不同的关注点:我真心佩服偶像一手了得的钢琴技巧，那帅气的身手以及高超的琴技是我一直向往的;天恩却有感于小伦和小雨之间悱恻缠绵的爱情，那个秘密真是令人揪心。

电影散场了，我还在回味着周董的琴技，用手指在半空中弹着，兴奋地说："天恩，你觉得我去学弹钢琴好不好？到时候我就能弹钢琴给你唱歌了。周董弹钢琴的样子实在是太帅了。"

"好。"天恩附和着，情绪还在电影里的爱情挽歌之中无法自拔，"子涵，如果有一天，我也像小雨一样消失了，你会怎样？"

"那你可不能像初中那样不告而别了，我还是会到处找你，直到找到你为止。"我不经意地回答，还在半空中空弹着。

天恩咬咬嘴唇："那有一天，我要是死了呢？就像小雨那样。"

我的手停在半空，转过头对着她，突然笑出来："这很简单啊！我会把你好好埋了，然后会天天去那里看你。你说埋在哪里好呢？"

天恩呆呆地看着我："我没开玩笑。"

我并没发现她的表情，继续说："就在那片我们去过的小树林吧，就埋在那棵香樟树下，等以后我死了就跟你埋在一起。"

"我等不了你了……"天恩掉了两滴眼泪，然后马上擦干了。

我忽然意识到什么，又笑着说："天恩啊，你不会也跟小雨一样，是从二十年前穿越过来找我的吧？"

天恩看着并不知情的我，并不想破坏了我现在这份简单的快乐，她还是把自己的秘密咽回了肚子里，就让它烂在肚子里吧！

不知道为什么，自从那次之后，天恩的情绪越来越差，她总是在我最开心的时候，讲一些扫兴的话。一开始，我还能没心没肺地开着玩笑哄她开心；慢慢地，天恩开始变本加厉，变得无理取闹，有

事没事就问我“消失”“死了”的问题，我也从不在意开始变得不理睬，直到最后的生气和急躁。

“如果我不在你身边了，子涵，你还会想我吗？”

“你又怎么了？怎么老问这些莫名其妙的问题啊？我不是早就回答过你了吗？”

“我就是想听你再说一遍，不可以吗？”

“好，我很确定地告诉你，我喜欢你，会喜欢你一辈子，不会变！”我虽然已经没好气了，但就算生气我也还会这么说。

“有你这句话，足够了！”天恩点点头。

天恩总像是心里有很多话，却又不跟我讲出来似的。我也在气头上，并没把这些细微的感觉放在眼里。我有时候甚至觉得，眼前的这个人还是不是那个我曾经不顾一切都要在一起的天恩了。

那些日子，在我眼中，天恩变得已经不再像从前那么精致美丽，连她脸上的笑容都显得有些牵强，情绪也一阵一阵的暴躁，会跟我发脾气，使小性子，反过头来又马上来跟我道歉。这一来二回，我真的觉得有点烦了。

这些小事被石头和乐乐看在眼里。天恩有时候情绪失控到会当着他们的面对我发脾气，我俩就赌气不吃饭、不见面，还要乐乐和石头在中间讲和。

“子涵，你就让着点天恩吧，毕竟你是男人，女孩是要哄的。”乐乐把买好的优乐美塞到我手里，让我去道歉。

“乐乐，你说她最近是怎么了？老是莫名其妙地对我发脾气，你说我该怎么对她啊？”

“我也觉得奇怪呢。天恩这阵子总喜欢发呆，也不太跟我讲话，不像以前总把你们的事情讲给我听。不过，我最近看她吃药越来越频繁了，天恩从小身体就弱，你就让着点她吧。”

“吃药？我怎么从没见到她吃药？她怎么了？”我感到疑惑。

“她有个随身带着的小药盒，每天都要按时吃药啊。我也不知道什么病，可能就是天生的身体弱吧。一生病就难受，发脾气也难免吧？”

我看着手里的优乐美，想着怎么去哄天恩。

天恩和我冷战的时候，我就独自一个人去打拳，越生气打拳就越狠，石头在旁边看着，不知道怎么劝我。

“你说说你们好好的不行吗？怎么老为了那么点鸡毛蒜皮的小破事儿吵啊？”石头自顾自地说着。

我已经两天没见到天恩了，不知道怎么去哄她。突然我想到一件事：“天恩，我去学弹钢琴好不好？到时候我就弹钢琴唱歌给你听。”对，弹钢琴唱歌给她听。但买钢琴可是需要很大一笔钱啊。

“石头，你说怎么才能赚到一大笔钱？”

“啊？赚钱？你家里那么有钱，还赚什么钱啊？”

“我想赚钱，买钢琴！”我决定的事，谁都拦不住，这笔钱一定要自己搞定才行。

“买钢琴？怎么都要十几万吧？”石头一听直接崩溃了，但脑子一转，“哎，我听说有人在打黑拳，据说还挺能赚的，一次能挣个两三万，就是太危险了。再说，我们还是高中生啊，人家不让我们打吧？”

我眼前一亮，拳也不打了，拍着石头肩膀说：“兄弟，这事你帮我打听着，有钱赚我们就干！”

“这，能行吗？”石头犹豫着。

“我说行准行！不过，这可是我俩之间的秘密，不能告诉乐乐和天恩。”

石头点点头，也算是勉强答应了。

拳市与老李

有些事情明知道迈出第一步就是错，但有时候只是一种冲动，有时候就是为了寻求一种莫名的刺激和好奇，一旦走出去，就回不了头。

在我脑子里，打黑拳可能和拳赛没什么两样，我知道会有暗箱操作的成分。但对我来说，能挣到一大笔钱才是我的目的。可是，当我和石头走进拳市的时候，一切都并非想象中那么简单。

拳市很隐蔽，穿过各种小街小巷走到一处废桥下，幽暗的下水道里潮湿阴冷，各种乞丐睡在里面，有股发霉的味道，我被熏得够呛。“兄弟先忍忍，下水道过去就到了。”石头说他第一次来也吓了一跳。

我皱皱眉头，觉得有种不太吉利的预感，但为了挣到这笔钱，没什么受不了的事儿。

走出下水道，前面豁然开朗，一片空场上布满了摇旗呐喊的人群。我俩穿过人群，显得那么渺小，几乎被湮灭在人群之中。石头在前面钻，我在后面跟，总算艰难地钻到了最前面。场地内没有任何保护围栏，拳手真是赤手空拳，拳拳到肉、拳脚相加，毫无章法却显得血脉偾张，拳手打得酣畅淋漓却相当危险，脸上身上全是被打的瘀青和血痕，一层还未痊愈又再附上一层。

一记重拳打在一个硬汉脸上，他被打得飞了起来，半空停留了半秒后，重重摔在地上，一口鲜血吐了出来，血花飞溅得到处都是。他就倒在我和石头的眼前，触目惊心。

“兄弟，咱能行吗？”看着眼前恐怖的一幕，石头心里直打鼓。

我看着眼前躺在地上眼皮半张、挣扎着的硬汉，也开始有些犹豫了，“让我想想。”我默默地从人群中走了出去。

“之前就听说打黑拳还挺能赚钱的，没想到这么吓人，会出人命的吧？”石头一路跟着我，嘴里叨念着。

我没说话，在心里盘算着。

正在犹豫着，一个人拍了一下我的肩膀：“小兄弟，你也来啦！”

我转头盯着这个人，他黑黑瘦瘦的，眼神里有一种很复杂的黑暗眼神，眼珠转来转去，一会儿看看我，一会儿看看石头，似乎在打什么鬼主意：“你不认识我啦？前年你师父带你们去打拳赛，我就在场啊。我还一直跟你师父夸你大有潜力呢！”

他这么一说，我似乎有了印象，就是被我从厕所门缝看到和师父密谋的那个男人：“嗯，我记得您了。”

他笑了起来，看着我俩：“你们来这儿，肯定不是来凑热闹的吧？”

我犹豫着，不知道怎么回答，石头看出他的心思，赶紧回答：“我们就是来凑热闹的，没别的啥。”

黑瘦男人打了石头后脑勺儿一下，大笑道：“一看你们就是孩子，这点小心思我还看不出来？没事，你说凑热闹也成，以后想来打拳也成，尽管来找我吧。”顺手递给石头一张名片，然后又对我说：“小兄弟，我看好你！你要来这里打拳，一定大有前途。”说完，笑眯眯地走了。

“李公道。”石头念着名片上的名字，“这人靠不靠谱啊？”

我拿过名片，心里左右摇摆着。

又一个周末，我并没有按照从前的习惯回天恩家，也拒绝了石头的邀约跟他回家，我只想一个人漫无目的地在街上游荡。已经很久没这么一个人独处了，平时不是石头陪着，就是和天恩腻在一起。但自从和天恩冷战之后，我就特别希望有这样的独处空间，自由自在的一个人的空间。

那天的天空十分阴暗，没有阳光，空中布满乌云，好像马上要下雨。我就那么一直溜达，不知不觉溜达到了初中的学校。校园里空荡荡的，周末的操场特别安静。我走在操场上，想想从前最不喜欢上体育课，现在却对操场上的双杠和高架梯有种久违的感觉，我一会儿倒吊在双杠上，一会儿爬上高架梯，从不同角度看着这个让我又爱又恨的学校，有着一种与众不同的味道。开始下雨了，我不想躲雨，就那么淋着雨，享受着片刻的微凉。

不远处传来一阵钢琴声，很娴熟的琴技弹着一曲《小步舞曲》，很熟悉很久违的声音。我的耳朵竖了起来，心也跟着琴声飞起来。循着声音我开始寻找，是音乐教室传来的声音。

我轻轻推开教室门，生怕打搅了这份优雅的宁静。

是大罗在弹琴。有多久没有见到他了？

一曲弹罢，忘情的大罗发现门外有人，“子涵，你怎么来了？”大罗的脸上露出惊喜的笑容。

我也悲喜交加，坐在大罗身边，“大罗，你还好吗？”

近距离看着大罗，他的头发比以前长了好多，也没有从前那么意气风发了，脸上有少许憔悴感，但还是那么热情，可能是见到了我吧。

“我还过得去。”大罗的话语显得有点颓废。

“合唱团怎么样啦？”我不敢再看大罗憔悴的脸，只好盯着钢琴的黑白键，第一次这么近看到钢琴，那琴键的质感原来这么诱人，我仔细地抚摸着每一个琴键，爱不释手。

“散了。”大罗惋惜地叹气。

“散了？为什么？”我满脸疑惑。

“学校经费短缺，就不让办了……”

“对不起……”我突然觉得好像这一切都是自己的错，特后悔没能参加那次合唱团的学校汇演。

“这跟你有什么关系？”大罗和我并没有对视，目光都放在钢琴的琴键上。

大罗突然打起精神来，提高声音说：“你难得来一回，给你弹一首曲子吧。”大罗的手指轻巧地在琴键上飞舞起来，一首熟悉的曲子就那么从他的手指尖飞扬起来。

我瞪大了眼睛听着这首曲子，这是在我心中响了无数遍的《最简单的声音》，随即就湿了眼眶，“你还记得这曲子？”

“当然，这可是你的处女作啊，我做了修改，也特别喜欢。最简单的反而显得那么自然、真诚。”大罗说起这个，特别感慨。

我真有一种冲动，想去拥抱眼前的大罗，只有他懂我！但我忍住了，我还不是那么善于直接表达自己的人。

大罗看着我，脸上露出了神秘的笑：“这首歌是不是已经唱给那个女孩听了呢？”

“啊？你怎么会知道这件事？”我一直觉得这个秘密隐藏得特别深，除了石头，从不会有任何人发现。

大罗拍拍我的肩：“那天合唱团汇演的时候，我就发现了台下有个不一样的眼神，那个女孩是冲你来的对不对？但可惜，她没能听到你的歌声。”

我低着头，像个犯了错误的小孩：“大罗，你能教我弹这首歌吗？”我发誓，一定要弹着钢琴给天恩唱出这首歌。

大罗点着头，手把手地教我。那一刻，我陶醉在钢琴声中，虽然手指显得特别笨，但大罗依然不厌其烦地一遍又一遍地教我。

教室的角落，青鹿眯着眼睛，安静地卧在角落里，徜徉在《最简单的声音》的钢琴曲里。

那个下午是我那段日子最畅快的时刻。

与大罗的不期而遇似乎是天意，与梦寐以求的钢琴的相遇也是一种缘分。

那天之后，我毫不犹豫地做了个决定，只要能弹着钢琴唱给她听，付出多大代价都值得。

“李大叔，我要去打拳，您要帮我。”我终于拨通了那个一直等着我的电话。

僵　局

“带你们见个熟人。”老李带着我和石头走进拳市边上的一间小屋，里面还有一个人，久违了，原来是郑大个子。

“我就知道他俩还会来的。”郑大个子对老李说，他似乎洞悉了一切。

“是你，你怎么会在这儿？师父怎样了？”我顿时有种掉进陷阱的感觉。

“师父老了，他已经回老家了，拳馆现在是我的了。说实话，我还要感谢你啊，当年要不是你输给我的话，我就没有今天的成就。告诉你，这个拳市是我跟老李合伙开的。你能答应我们过来打拳，我们合伙就能赚大钱了。”郑大个子话里有话，我也将信将疑。

“合伙赚大钱？”石头问道。

“对啊，你们打拳，钱我们一块儿赚！”郑大个子一脸狡猾，老李附和着笑，像只老狐狸。

“你们个子小，年纪小，别的拳手就不会把你们放在眼里。但我们知道你们的实力，就让他们看扁你们，你们就很容易赢。拳市有很多人押宝，肯定赌你们输，那我们的钱就赚到手了。就这么简单！”老李把他们的计谋说出来。

“这都行？”石头越听越糊涂。

我咬着嘴唇想了很久：“那到时候，我们能分几成？”

“二八开。”老李用手比画着说。

“不成，必须三七！不然不干！”我据理力争。

“成交。”郑大个子很干脆，“但有一样，你们必须听我们的安排，让你们赢就必须要赢，让你们输也得输！不然，一分钱都拿不到，懂吗？”

“为什么还要输？我们不会输！”石头很执拗。

“这是计策，该输的时候必须要输。这不是打比赛，是赌拳！要愿赌服输！”老李说。

石头看着我，等着我的决定。我想了很久，诚恳地点了头：“行，但我们必须打完了一场就拿一场的钱。”

走出小屋，我脑子里还浮现着郑大个子和老李二人诡异的笑脸，有种说不出来的不祥之感。但为了买钢琴，这是目前我唯一的途径。

石头还是狐疑地问：“兄弟，你真觉得这事能行吗？我怎么老觉得不踏实啊？”

我安慰石头：“没事，有我呢！他们骗不了我。”

做好一切准备，我上场了，周围的人看着我这个小个子，满场充满讥讽和嘲笑，有人甚至走到老李身边笑说：“你哪儿找来这个嫩雏儿？还不被一拳打懵！”

老李笑而不语，一直在催着大家押宝。自然，他们的计谋真的得逞了，所有人都押我会输，而且一买就是好几注。

我虎视眈眈地看着对手，虽然他并不是那种大肌肉型的猛男拳手，却也显得孔武有力，气势汹汹地盯着我，和押宝的观众一样，根本不把我放在眼里。

此时，对面有一双幽绿的眼神一闪而过——少狼。

我先发制人，一记重拳以迅雷不及掩耳之势打在他的脸上，他一个趔趄倒退了几步，我紧接着一个重重的侧踢，踢在他那条没站稳的左腿上，他重心偏侧，像一堵墙一样狠狠地倒在地上，头先着地，昏倒了。

由于对手太轻敌，我轻而易举地赢了这第一场。老李在观众们的喝彩和嘘声之间，欣喜若狂地数着观众输来的钱，郑大个子也在暗处偷笑。按照之前的约定，我真的拿到了我的第一笔钱，实实在在的一万块，照这么算下去，估计打个十场下来，钢琴也就有了眉目。我的每一步都在暗自盘算着。

而在人群中的石头看着孤军奋战的我，十分不安。为了这笔钱，这么拼命值得吗？

“你掐指头算算，你到底几天不见人影了？”乐乐凶神恶煞地来找石头，见面第一句话就劈头盖脸的。

石头知道这是他和我之间的秘密，绝不能说，尤其是对乐乐，石头开始嬉皮笑脸：“你想我啦？想我打电话也行啊。”

“你告诉我，这些日子你到底做什么去了？”乐乐依然不依不饶。

“嗯……有点事……”石头不知道怎么说，又不知道怎么找借口。

乐乐揪着石头的耳朵，“不说是不是？”

“好好，我告诉你。”石头让乐乐放手，揉揉耳朵，“但你不能再对别人说啊。”

“那你快说。”乐乐有点不耐烦了。

“我们去……打黑拳了。”石头支支吾吾的，还是说了出来。

“黑拳？”乐乐一下子炸了，“你们不要命啦？”

“你看我不是好好的吗？”石头赔着笑脸。

“那子涵呢？他有事没有？天恩这阵子一直等他出现，原来你们去干这个！你说我说你们什么好？越来越过分了。”乐乐转身就走，她要告诉天恩这一切，让她去阻止这些危险行为继续发生。

石头见拦不住乐乐，直接跑来告诉我。

当天恩站在我面前的时候，她毫不留情、狠狠地把右手打在我的左脸上。从没想过会有这么激烈的一幕发生,乐乐和石头都吓傻了。

天恩大气喘着死盯着我:“你，是个骗子！”

我用手摸摸生疼的左脸，一切美好的盘算在此刻都灰飞烟灭了，“我骗你什么了？”

“你答应过我，不再打架我才跟你在一起。现在，这又算什么？”天恩显得有点歇斯底里了，气得红了眼睛。

我慢悠悠地说:“我没有打架，我只是去打拳。”

天恩冷笑道:“打黑拳？这比打架更过分！你不要命了是吗？”

我不想再看到她气势汹汹的样子，那不是我心目中的天恩:“这条命是我自己的，我的命我自己做主！”

“好，我这条命也不要了，也一块儿还给你，好吗？”天恩直接喊起来，像是用尽了全力喊出这句话。

我也急了，瞪眼对着天恩:“用不着你来陪！”

乐乐看情况不妙,上来劝天恩:“有话好好说。”又转身对我说:“不去打拳不就得了，真太危险了。天恩就是急坏了。”

石头上来劝天恩:“我们就是急着赚一笔钱，想给你……”

看到石头马上要露馅了，我赶紧拦住石头:“对，我们就是想挣钱！”

乐乐也开始怀疑:“豁出命去赚钱？学生赚那么多钱做什么？”

石头快急死了:“我兄弟就是想赚钱给天恩……”

我打断石头的话头:“石头!”

天恩大叫:“我不需要钱，更不要你们这样赚来的钱。用不着拿我当靶子，找这种无聊的借口。”

“无聊?”我觉得心口疼得厉害，天恩真变了，她已经不是当初那个我日夜思念的善良女孩了，她已经变得不可理喻，“OK，就让无聊都见鬼去吧!也用不着你在这儿大喊大叫的，我还真以为是来关心我们!我们无聊对吧!”说完，从石头兜里掏出烟来抽。

天恩已经喘得上气不接下气，拉上乐乐就走:“好，就让他们见鬼去吧!”

天恩拉着乐乐决绝地走了，石头在两边犹豫，不知道是要追过去，还是要留在我身边。

“兄弟，我话都说了一半了，为什么不让我说完啊?”石头实在着急得不行了。

我向空中吐了口烟，“你觉得，还有意义吗?”

“怎么都要让她知道你的苦心啊。”石头苦口婆心。

“以她现在的情况，她会领我这个情吗?”我已经失望透顶，“随她去吧!”

“那以后呢?”石头不知道如何是好了。

“我们，不能半途而废。”我不知道自己怎么了，不知道再继续坚持下去还有什么意义，但觉得路是自己选的，就一定要走到底。

又赢了一场拳赛，又拿到了一笔佣金，已经凑齐了八万元，但我却怅然若失。

走进琴行，距离要买的那一款钢琴还差四万元，我抚摸着钢琴键，心里又生出了一个想法。

Chapter 6
谁也无法取代，世界唯一的你

最后一场拳赛

天色将晚，我敲开了天恩家的门，是玉环妈妈来开的门。

“大不点啊，你有两个周末都没来了。小不点也不爱跟我说话，你们到底怎么了？”玉环妈妈语重心长，生怕我俩吵架。

“玉环妈妈，您让小不点出来一下，我有话跟她说。”

天恩看到我那一刻，眼神淡淡的，完全变了一个人。

玉环妈妈担心地说：“你们俩好好说话，不许吵架！”

看着我俩走远了，玉环妈妈皱着眉头叹了一声，关上了门。

我拉着天恩的手出了门：“带你去个地方。”

天恩一声不吭地就这么被我拉着手，一路上，她都没讲一句话。

走进琴行，我让天恩站在一架钢琴边上停住，跟琴行老板讲了好多好话，然后走回来，平静地对着天恩说："你不是一直要听我唱那首歌吗？我现在就弹给你听。"

《最简单的声音》就这么从我的手里流出来，音符和歌声是那么和谐，那是属于我们两人的歌。我全心全意地弹着唱着，天恩盯着我陶醉的脸，一刻都不放过看得仔仔细细。

唱完了这首歌，我盖上了琴盖，凝神望着站在身边的天恩："我知道你等了很久，我也为了这一刻做了最充足的准备，就是想把这首歌用最完美的声音唱给你听。"

"谢谢你！"天恩恢复了从前的样子，没有无理取闹，没有莫名其妙。

但我却从这三个字里听出一种悲凉，我全身一颤，眼前这个平静的天恩虽然很美很可爱，却显得那么陌生遥远。

天黑了，我牵着天恩的手往家走。

天恩摸着我的手指，上面都是用胶带缠着的伤口，她心很疼，既然疼，就必须要再狠一点、再疼一点、不然就会有更多伤、更多疼痛。

天恩站住了脚步，挣脱了我的手，"子涵，我们分手吧！"

猛回头，手已被抛在半空中，"你说什么？"我看到她那张平静的脸，平静得那么可怕，路灯的光映在她脸上，她的脸色如一张苍白的纸。

"我不想再这么继续下去了，我太累了。"

可我平静不下来："为什么？天恩，这到底是为什么？我们刚刚不是还好好的吗？"

"我们一开始就是个错误。"天恩的平静有点让人恼火，这也算分手的理由？

"错误？"我大笑一声，"那我们在一起这么长时间，是为了什么？我为了你考进这所学校，不就是为了跟你在一起？你生气我忍着，你无理取闹我也让着。我去打黑拳赚钱，就是想买钢琴给你唱歌听！你说我做的这些到底是为了什么？"此刻我内心彻底崩溃了，这一切努力原来都是一场空。

天恩低着头，阴沉沉地说："我就是不想跟你这么没出息的人在一起了。"

她的每个字都狠狠地打在我的心上，"你是不是有病啊？"

天恩突然抬起头大喊起来："对，我就是有病，还病得不轻！你以后都不用再忍我了！我们分手吧。"然后，再也没看我一眼，飞奔着跑回家。

一阵风吹来，虽然是初夏，我却寒冷无比，一个人傻呆呆地望着天空，不让眼泪流下来。心痛得喘不过气，站不住了，坐倒在地上，然后看着地面一点点地变湿润，一记重拳打在地上，手在淌血。

青鹿默默地走过来，低下头轻轻舔着我手上的伤口。我把头埋在青鹿的脖子里，眼泪止不住地流。

我知道虽然再去打黑拳已经没有任何意义，但这条我选的路，我决定要走到尽头，让黑暗来得更黑暗些，让暴风雨来得更猛烈些。

那天阴霾的天空，似乎就预示着要有一场暴风雨将要来临。

石头在帮我做着赛前准备，还有一搭没一搭地说着话：“乐乐昨天又跟我吵了一架，死活都不让我们再来打拳，说再来就要跟我分手。”

我一脸苦笑：“我们，已经分手了。”说出来倒是觉得特别的平静。

石头大惊：“啥？分手？你和校花分手？别开玩笑了……”

我挥挥手：“算了，都过去了，别提她了。”

石头正要继续问，郑大个子走了过来：“子涵，今天可是关键的一场。”

我也坚决地说：“我正要跟你说，这是我最后一场，以后我不再打了。”

郑大个子一惊：“不打啦？那你可要损失很多啊！”

“我赚够了，也不想打了！”我心灰意冷，石头看着我，心里都懂。既然真的分手了，一切也就没必要再这么死撑了。

郑大个子知道我的个性，没人能阻止我的决定，就像我当初离开拳馆一样坚决，“既然你已经决定，我也就不劝你了。但这场，你要输！”

“输？为什么？”石头不明白。

“现在大家都知道你的实力了，知道你小子能打，都押你赢。既然你不打了，最后一场你得给我大赚一笔！”

我盯着郑大个子的眼睛很久，像一匹蓄势待发的狼，没有说一句话。

上场了，“狼人涵”最后一搏显得格外的猛，少狼回来了。

没想到的是，这场的对手竟是久违的杨勇，自从上次对阵技校帮之后，他就退学了，踪影全无，没想到会在这里相遇。

一年多不见，当刮目相看。杨勇的出拳比起曾经，已经完全不同了，似乎是经过了特别训练一样，他的勾拳和侧踢完全是按照我的套路来的，招招致命，紧逼着我的要害，似乎跟我有血海深仇似的——我们之间的恩怨不是早在三五技校那一战的邀约时，化干戈为玉帛了吗？我稍一走神，就被杨勇抢了上风。

所有人都在为我呐喊助威，就在那晃动的视线之中，天恩似乎混在人群之中，我在四周寻找，没有找到她的踪影。就在此时，杨勇的一记重拳打在我的鼻梁上，一阵眩晕，身体失去重心，我摔倒在地。

“分手？别开玩笑了……”

“这场，你要输！”

“10 、9、8、7……”

石头和郑大个子以及裁判倒数的声音夹杂在众人的喊叫声中，混乱不清。我迷迷糊糊地趴在地上，似乎看到青鹿和少狼正在撕咬乱战，双方实力不相上下，少狼一个飞蹿，张开獠牙向青鹿扑了上去，青鹿用角拼死抗争，鹿角虽然划伤了少狼的身体，但最终还是折了。

“我就是不想再跟你这么没出息的人在一起。”天恩的声音再次响起——我是个没出息的人吗？我！不！是！

“3、2……”就在裁判喊到只剩下最后一秒的瞬间，我猛地爬了起来，观众一片喝彩。杨勇以为已经 KO 了这个昔日把自己打得落花流水的小个子，他没想到我这样还能原地满血复活，还没等他回过神,我一拳直接把他打倒在地。KO成功,我完胜了这最后一场拳赛。

石头在人群中大喊:“兄弟，好样的！”眼中兴奋得挤出了泪花。

拳赛结束，观众从老李手里领走了该赢走的钱，并纷纷向我投来了祝贺的手势。杨勇瘫坐在地上，边擦着脸上的汗，边虎视眈眈地盯着我，我向他还了个抱歉的眼神。

郑大个子走了过来，阴阳怪气地说:“你小子行啊！你知道我今天赔了多少吗？”

我抱歉地说:“对不起，我今天的提成不要了，要赔多少我还给你。”

“还？那倒不用。你就再帮我打一场，我们就两不相欠。”郑大个子心里也有个小算盘。

“我说了，这是最后一场，我以后都不打了。”我很坚决。

“不打？这可不是你说了算的。”郑大个子露出阴坏的笑容，“你以为你蹚了这滩浑水，想走就能拍屁股走人吗？”

“那你还想怎样？我说不打就不打！”我就不怕脾气硬的家伙。

石头见状不妙，赶紧打圆场:“郑大个你先别急，不就是输吗？我来打，我打，我肯定给你输一场。”

“你？”郑大个子上下打量着石头，又转过来对着我狠狠地甩了一句，“小子，以后做人想清楚了，早晚有一天你会死在你这个臭脾气上！”

幻灭的绮梦

好久没回家了，还是那么冷清。这个地方太陌生，陌生得几乎认不出了。

房间还是住进来的那个样子，几年都没变过，太久没有回来过，少了人气儿。

月光从窗外照进来，还是几年前那种皎洁，淡淡的情绪，沉默不语。

书桌上落了一层灰，用手摸上去麻麻的感觉。

多久都没有碰过的 Walkman，里面还是周董的歌，按下 play 键：“只剩下钢琴陪我谈了一天 / 睡着的大提琴 安静的旧旧的 / 我想你已表现得非常明白 / 我懂我也知道 你没有舍不得 / 你说你也会难过我不相信 / 牵着你陪着我 也只是曾经 / …… / 我真的没有天分 安静得没这么快 / 我学会着放弃你 只因为我太爱你”

没有睡意，我半卧在床上，只有安静下来的时候，身体才会知道疼，先是手臂、大腿，然后是腹部、胸部，还有颧骨……我揉着身体的每一处伤痛，手最后落在心脏，身体痛并不重要，但是原来心还在痛。

青鹿走过来，嘴里呜咽地发着声。它把下巴放在我的腿上，等待着我的安抚。我心疼地抚摸着青鹿的断角，把头靠在青鹿的脸上，青鹿的眼泪流出来，我也湿了眼角，青鹿低声呜咽着，我默默地说："我们，这是怎么了？"

还是那片神秘的树林，香樟树开了花，在夜里散发着幽香。这个夜很平常，但却显得有些异常。我和青鹿呆坐在树下，互相安慰着对方。夜空有流星划过，我却连个许愿的力气都没了。

有只手摸着我的头，"别哭，没事的。"就像我第一次见到光听到的那句话，一模一样。

我抬起泪眼婆娑的脸，是天恩，天恩就站在我的面前。我不知所措，不知道怎么再去面对这个老天赐予的恩典。

"你怎么会在这儿？"心在跳，跳得特别厉害。

"我一直都在这儿，从没有离开过。"天恩坐在我身边。

"我不分手，我要你一直陪着我。"我抓住天恩的手，用一种小孩式的恳求语气。

天恩的笑容美得像个天使，"我们不是一直都在一起吗？我一直都在你身边，等着你，等着你回来找我。"

我心疼地把天恩抱在怀里，默默地淌泪——我们要这样，一直都在一起。

对面又走来一个人，脸上面无表情地走到我面前：“我们一开始就是个错误。”

我糊涂了，面前的这个人也是天恩，却有着犹如魔鬼般的气势——那怀里这个天恩是谁？我看向怀里，天使般的天恩沉沉地睡着了，像是没了气息般苍白。

“我就是不想跟你这么没出息的人在一起了。”魔鬼天恩没有歇斯底里，却平静得令人不寒而栗。

“你是不是有病啊？”我站起来对着魔鬼天恩。

“我是有病，我病得还不轻呢！”她嘴角露出一丝诡谲的笑容。

魔鬼天恩拉着天使天恩决绝地走了。我一阵眩晕，有点站不住了，“别走，天恩别走！不是说好了要一直在一起吗？”

天使天恩没了灵魂般被魔鬼天恩拉着走，魔鬼天恩回头丢下一句：“我等着你，等你回来找我。”然后，两个天恩就这么消失在树林尽头。

夜空没了星光，月亮也躲了起来，黑得像块无底的黑幕。香樟树开始发抖，叶子和花瓣纷纷落下来。我坐在地上，死活都站不起来，身体也跟着发抖。不远处传来一声狼的嚎叫，青鹿警觉地站起来，注视着黑幕的尽头，飞快地飞蹿出去。

“别走，别走啊！”

我在梦中大喊着，怎么喊都不醒。枕头已经被哭湿了好大一片。

早晨起床，我决定重新做人，做一个“有出息”的人，即使分手了，也要让她看得起，她说过“要等着我回去找她”的。

无论学校多么杂乱无章，无论秩序多么混乱嘈杂，我都在捧着扔下了很久的课本认真地学习，没人能阻止我下定的决心，就像初中尾声的时候一样，我又找回了对学习的渴望，虽然这次的动力不再是为了某个人，而完全就是为了自己。

这一次并不像初中似的，感觉在例行公事，老天给了我超强的天赋，潜心攻读的我居然对学习有了一种上瘾的感觉。语文不用说，为了写歌词也要增长些写作技巧，再说一直都有博览群书的习惯，课本上的那些课文简直就是小意思；英语嘛，因为小时候有过意大利语的基础，很多语法是相通的，显得更加通俗易懂；数理化虽然显得复杂，但要看兴趣所在，只要学进去了，掌握了其中的规律，成绩便很快能提高。

那段日子，我总是独来独往、沉默寡言，不理别人对我的异样眼光——老师对我冷眼相对，但我不管老师怎样不耐烦，我都把“十万个为什么”变成“十万个我明白”；我找遍了往届的习题册，所有习题拿过来就做，这些习题对我来说，已经成了一种模式化、机械化的习惯，整天活得就像是个“科学怪人”。我有时候还会跑到附近大学里，旁听着各种课程，预先做好考上大学的准备……教科书和习题册就像是操控着我的牵线，我就像个木偶一样不知疲倦，不分昼夜地埋在书海中。

石头也成了我眼中的摆设，他有时候陪着我吃个饭、聊个天，但我总是目不转睛地看着书本，我对学习之外的事情几乎已经是充耳不闻了。

“郑大个子说过两天让我过去帮他打一场，反正横竖都是个输，我也无所谓。”石头自顾自地说着，我听得并不真切，麻木地点了头。

石头摇摇头，他知道自己不是学习的那块料，能考上这个高中已经算是个奇迹了。眼下只好准备那场被我放弃的拳赛，至于之后会怎样，眼前一片渺茫。

爸妈偶尔会回家，看到我拼命啃书，心里都会觉得奇怪，但不管什么原因，只要看到我踏踏实实的，他们就很满足了。

爸每次给我的生活费都会放在家门口的鞋柜上，但那段时间，生活费都会比从前要多出很多；妈从来不喜欢做饭，但那段日子，她居然开始学做饭，做出的饭菜既营养又可口，而且她似乎是故意让自己有更多时间留在家里。

乐乐和石头在一起的时候，会跟他问起我。有时候，她会碰到我，看到我一副书呆子的傻样，也会生出一丝怜悯，那个她曾经崇拜的劲爆少年已经不见了，他在改变，改变成另一个人，虽然在另一个领域，他或许也能成为一个优秀的人。我知道，虽然这是天恩希望看到的结果，但这样的我还是曾经的那个意气风发的孙子涵吗？

有时候，乐乐会拿出我送她的水晶球，看着雪花从空中飘落，心特别疼！

偶尔，我会想起大罗。我没有放弃我的初衷，跟大罗在一起谈音乐、弹钢琴，算是我的另一种放松的时光。

“我心里有很多东西，我想让它们都变成我的歌。”我对大罗总是直言不讳，在这方面，也只有他能明白我。

“那就做好你自己，做你想做的事情。我可以帮你，但一切都要靠自己。”

钢琴成了我们之间最好的倾诉对象，我们成了最佳搭档，四手联弹也成了最好的和弦。

“最简单的表达就是你的心，只要你足够真诚，就能用你的表达感动每个人。”大罗把心里所有的一切都给了我。

我沉浸在钢琴的弹奏之中，闭眼听着每个音符的飞扬。天恩就站在钢琴边，默默地认真地听着我这么忘我地弹奏。

青春的散场

那天下午，我接到一个电话：“子涵你快来，快来啊，石头快被打死了。”

是乐乐的声音，我一下子意识到石头的危险处境。我知道他在哪儿。

到了拳场的时候，石头已经在场内，对手是杨勇，他似乎把所有的仇恨都发泄在石头身上，石头肥硕的身躯已经严重透支，他显然不是杨勇的对手，虽然还未倒下却已经摇摇晃晃的，一条胳膊已经啷当地在空中摇晃，脸已经被打得完全不成人样了，但石头却依然坚持地站着不让自己倒下。

乐乐跑到我身边，哭喊着：“快让他们停下吧，石头快被他们打死了！”

我着急地问：“你们来，怎么不跟我说呢？”随即冲着杨勇大喊：“你快住手，住手！”

石头听到了我的声音，回头寻找着。但杨勇已经打红了眼，并没有停下的意思，他趁石头不注意，用一记超狠的重拳砸下去。就在那个瞬间，石头看到了我的脸，还没等杨勇的重拳打到自己，已经倒了下去，这一倒摔得特别重，像一堵墙塌了下来。

杨勇还要继续，我跑上去，抵住了杨勇的手，“你浑蛋！想打死人吗？”

拳场整个安静下来，等待着接下来的一幕如何上演。

我抓住杨勇的那只手，已经被我攥出了血印。我瞪着他，不肯罢休。

郑大个子不怀好意地假装上来解围，“好啦，石头已经输了。”又对着杨勇说：“你小子忒狠了，别给我闹出人命啊。”

我甩开杨勇的手，赶紧去抱摔在地上的石头：“石头，你给我撑住！”

乐乐在旁边，带着哭腔：“他不让我告诉你，死活都不让说。”

石头迷迷糊糊地醒了过来，强笑着：“兄弟，我们总算有个了结了。”

我抱着石头，心疼极了：“别说话，我们去医院。”

拳场突然一阵哄吵，“不好啦，警察来了，警察来搅场子了。”

郑大个子惊出了一身冷汗，低沉地问：“谁报的警？谁敢报警！”他恶狠狠地看着我：“别让我查出来是谁报的警，让他不得好死！”

杨勇并没有落荒而逃，只是冷静地观望着一切。

我什么都顾不了了，只顾抱着昏厥过去的石头。

乐乐在旁边嘟囔着：“石头，警察总算是来了，这下好了。”

我小声问乐乐：“你报警了？”

乐乐哭到崩溃：“不报警，石头就被他们打死了！”

我把乐乐搂了过来，“就好了，就好了！”我出于本能，要保护身边的这两个人。

这个黑拳场被取缔了，老李和郑大个子以非法经营而被判了几年，并被罚了巨款。杨勇也没了赚钱的生计。黑拳场就这么散场了。

石头被送进医院，左手手臂和肋骨多处骨折，我把生活费以及曾经赢来的八万元钱都拿出来做了医药费。

刚有了好转的石头依然那么憨笑着：“兄弟，我没事！这里有乐乐陪着我就好了，你赶紧回学校上课去吧！”

我心里有一种说不出来的复杂的滋味，这是几辈子修来的福才遇到这么一个好兄弟啊！这辈子我们同生共死；下辈子，我们还要做过生死的好兄弟！

“爸，我要考大学！”

为了我这一句话，爸托了人走了路子帮我转到了一所全市最好的高中，没人知道我的过去，我就像是一个死读书的好学生，只顾闷头读书。

学校里到处流传着一个关于“狼人涵”的传说，传得神乎其神，我也对这个传说有所听闻，但那不关我的事，那个“狼人涵”在我心里已死，现在的我就是一个一心只想考上大学，做一个有出息的好学生。

几次的模拟考试，我从班上的最后一名逐渐爬升到班级的前十名，甚至是高三年级的前五名。老师一开始以为我会拖后腿，但慢慢才发现，我原来是个天赋过人的神童，六百八十的高分让很多中等学生都望而生畏。

于是,“天才涵”现实版的传说逐渐取代了“狼人涵”的虚幻传说，我也改头换面，变成另外一个模样，觉得自己获得了新生。

已经痊愈的石头有时会带着乐乐一起来看我，石头已经完全放弃了考大学的奢望，“就算考上也没钱上，再说我也考不上，能顺利高中毕业已经是拜你所赐了。”石头每次都会这么对我说，让我只顾着自己上进就好了。

乐乐每次来，都跟变了一个人似的，话很少，脸上的笑容也显得过于勉强，每次说话都欲言又止。她看得出来，我每次都想问她关于天恩的近况，但是我却一直憋着，忍着不提这个名字。乐乐有时候真的忍不住想说，但她已经发了毒誓不能讲，就只好又咽回肚子里。

我一有空就跑去找大罗，只有在大罗的音乐教室，才觉得那个还是曾经的自己。

“大罗,我想做个会写歌的人。”我告诉大罗这个一直以来的愿望。

“子涵，我知道你有克制力，以前我就没看错你，你能变成现在的样子，我特别替你开心。你现在首先要考上大学，以后写歌，我会帮你的，现在不要耽误考大学。”大罗很欣慰看到我走回正轨，“你放心，无论如何我都会把我毕生所学教给你。”

我也决定了，无论如何，都会来这里找大罗。更重要的是，还有另一个人在等着他。

那一年夏天特别炎热，所有准备高考的学生都度过了一个难熬的季节。而对于我来说，却并没有别人那么难熬。我的巨大改变让所有人都不敢相信自己的眼睛，甚至连我自己都不敢相信，但我却度过了一个无比枯燥寂寞却奋进十足的季节。

高考放榜了，我得到了六百八十七的高分，在学校名列前茅。

“子涵，你要报考清华都可以，你想怎么填志愿？”虽然我能得到高分，对于爸来说依然是个无法相信的现实，即使令人兴奋，但他还是很平静地问我。

“爸，我只想留在大连，报你的学校，学你的专业。”我轻描淡写，但却斩钉截铁。

爸惊讶地看着我：“报清华不好吗？你的分数足以上清华啊！”

“不，我不去北京，我就留在这里。”

爸生气地把成绩单拍在桌上：“你这孩子怎么这么犟？我的学校有什么好的？我当初是迫不得已才上的。你现在有条件为什么不去北京？”我知道，清华一直都是爸梦想的学校，自己没上成就希望我这个儿子能上，现在有了上清华的机会，我却要放弃，爸的愿望又一次破灭。

“爸，我决定了，您不用劝我了。我不去北京。”

“随你便吧！路是你自己走的，以后可别给我后悔！”爸甩给我一个背影。

子诺上了大学之后就搬回了家住，长大懂事了也就慢慢理解了爸的苦心，虽然她一直都没叫过妈一声“妈”，但也接受了这个现实。

见到爸气哼哼地走出我的房间，她走了进来。

“子涵,你就不能懂事点吗？”子诺的口气依旧是个大姐头的风范。

“我做的决定，没人能改变得了。”我心里规划着我的未来。

“以前你没出息，大家都已经放弃你了，但我从来没有放弃你。你是怎样的，我都看在眼里，你是个有主意的孩子，从第一次在奶奶家看到你的眼神，我就知道了，你要发狠没人拦得住。你说你要考大学，你不知道爸有多高兴，他那天晚上一直跟我说从小都没好好教过你，一切都是靠你自己，但你自己成全了自己变成了一个好孩子，爸又兴奋又自责。他也是希望你能上个好学校，这有错吗？”子诺一股脑儿苦口婆心地说了很多。

少年涵默默地听着子诺的话，过了很久，悠悠地说：“姐，你知道我为什么会发誓考上大学吗？”

这一直都是一个谜，一个所有人心中都找不到答案的谜题。子诺等待着我的答案。

“是因为一个人，一个我深爱却深深伤害了我的人……”

那天，我对子诺说了很多，从第一天见到天恩，到如何为了天恩考上高中，如何跟天恩在一起，又如何被天恩分手的整个过程。我从没有和任何人讲过这么多关于我和天恩的事情，但那天我就是想让子诺知道，知道这整个过程是多么不可思议，以及我永远都无法释怀的故事。子诺听得泪眼婆娑。

“因此我要让她知道，让她看见我到底是个怎样的人，她嘴里那个没出息的人，现在究竟变成了一个怎样的人。”

子诺点点头，“我明白了，姐懂你。”她轻轻地把我搂在怀里，很心疼地抱着我。

我这时才流下了眼泪，“没人知道我心里有多苦！姐，你知道吗？”

“我知道，我知道。”子诺抚摸着我的头。

我的庆功宴

孩子有了出息，考上了大学，爸妈脸上有了光，他们要为我举办一个盛大的家宴，帮我庆功。家里远的近的、平时几乎没有走动过的七大姑八大姨都纷纷前来为我祝贺。

席上最重要的贵宾自然是奶奶，她一辈子都没有过的笑容都在那天一块儿堆在脸上了，她是被祝贺最多的人，我这个主角却成了配角。每个亲戚都戴着一张虚假的面具，对奶奶爸妈各种阿谀奉承，然后就是不管不顾地大吃大喝。

小时候欺负过我的那些孩子也都长大了，凑过来跟我碰杯喝酒，酩酊大醉的时候，我就势踢倒了他们的椅子，让他们狠狠地摔到地上。

奶奶还不失时机地骂上他们几句：“你们这些个没出息的东西，喝点酒就撒酒疯。你看看你们几个什么熊样子，哪个比得上我这个大孙子。来，子涵到我边儿上坐着来。”

我并没有动弹，我不喜欢这样的表面功夫。

倒是子诺成了圆场的人：“奶奶，就他好啊？那我呢？我也没出息啦？”

“子涵有出息，给我长了脸了。你是我的心头肉、我的小棉袄，快坐我边上来。”奶奶显然是多喝了几杯，说的话越来越不像是自己说的，跟喝了蜜似的。

爸也激动地站起来：“各位亲戚，犬子今天能考上大学，也都是承蒙大家的照顾。我敬大家一杯啊，先干为敬！”爸一口干了一大杯白酒，肯定是醉了：“今天高兴，大家都要吃好喝好啊！”

我皱着眉，觉得非常反感，我考上大学，跟他们有什么关系啊？

庆功家宴从中午持续到晚上，奶奶没支撑多久就回去了，亲戚看老家长走了，就开始各种对爸妈凑好脸，拍马屁，先是假装塞红包，然后就顺便哭穷借钱。

我看不惯这些成年人的虚伪嘴脸，出门透口气。

电话响了，是石头。

“兄弟，听说你考上大学啦，真替你高兴。”

“高兴啥，一大家子虚情假意给我添堵。”我酒劲没散，没好气地说。

“好久没见你啦，怕影响你高考不敢找你。今晚出来吧，我替你庆祝，我们一醉方休喝个痛快！”

“石头啊，今天我爸给我弄了个庆功宴，喝了不少呢。”我一见风差点吐出来，又咽了回去，对石头说，“明儿吧，明儿中午我们好好喝一顿。我特想你，必须得好好聊聊，这一阵可把我憋坏了。”

“成，明儿中午我等着你啊，就我们常去的那个小饭馆，我叫上乐乐，咱仨好好喝。”石头挂了电话，我算是心里有了点舒服的感觉。

我在黑夜里漫无目的地走着，不知不觉就走到了那片树林，香樟树依然散发着香气。瘫坐在树下，哼唱着《最简单的声音》，天恩，你听到了吗？

我听到了。我一直等着你，在这里等着你。

我在树下酣睡着，青鹿也卧在身边，美美地睡着了。

又是一阵急促的电话铃声，我被电话声惊醒，天已大亮。

手机显示，是乐乐打来的：“子涵，你快来啊！出事了，石头出事了。”乐乐哭得已经上气不接下气。

“怎么了，出什么事了？石头怎么了？”我一阵迷糊，已经完全懵了。

“石头——石头死了——”乐乐的声音悲痛欲绝。

我丢下手机，一下子跳到床下，没站稳，狠狠地摔在地上。

赶到和石头约定的小饭馆，现场已经被围得水泄不通。

我踉跄地奔到人群最里面，石头肥硕的身体趴在地上，地上一大片血污，已经干透了，乐乐瘫坐在旁边，眼泪已经干在脸上，看到我来了，就像见到亲人一样扑了过来。

我已经顾不上乐乐了，一头栽倒在石头身边，死命地抱起石头，拼命地大叫:“石头，你怎么了？你跟我说句话，我在这儿呢，你跟我说句话啊！”

警察拉开我，“你什么人啊？别破坏现场！”

“他是我哥，我哥啊！你们别动我，谁都别动我！”我像发了疯一样对警察怒吼。

前夜，石头挂了我的电话，嘴里哼着《小小少年》，跑着颠着去了巷子口的那家小饭馆，张罗着第二天中午为我考上大学的那顿饭，他把平时打黑拳赚到的钱全拿出来，让小饭馆尽管做出最好的饭菜，还拎了一瓶好酒来。

“老板，我兄弟考上大学了，可得好好款待他啊，你可劲儿往死里给我招呼啊！哈哈。”

老板跟石头很熟，知道经常跟石头来这里吃饭的我考上了大学也替我高兴，还特意请石头大吃了一顿，两人一直兴奋地聊到饭馆打烊。

石头走出饭馆，天已经黑透了，街上一个人影都没有。他正哼着歌往家走，后面有人叫他:“史磊，你给我站住。”

石头回头看，黑灯瞎火的什么都看不清楚，就看见一个个子高高瘦子的影子，“谁啊？想要做什么？”

高个瘦子二话没说，一刀狠狠地砍下去。石头没有任何防备，就被这么活生生地砍倒在地，血流如注，“哎哟，孙子，你丫是谁啊？谁……”

“让你们报警，让你们报警……”高个瘦子杀红了眼，又是几刀砍在石头的头上、身上，“断我后路，你们也活不成，活不成！”那个声音压得很低，却恨到极致。

石头迷离之间，听出了他的声音：“杨……”

“让你叫，你叫啊！”又是几刀，石头的身体开始抽搐，已经没有力气再喊出声了，嘴里的血沫汩汩地流出来。

那个高个瘦子就那么站在石头面前，看着他直到不再动弹，才默默走掉。

乐乐哭着拉我，“子涵，你放手吧，让石头好好走吧！”

我死命地抱着石头苍白的尸体，没人能拉得开我们。没有眼泪，我想哭却哭不出来，身体就像被撕裂了，头像是布满伤口的石头的头一样，快要炸开了。

不放手，我绝不放手，我不放！

一个人的成长，是要多少人付出代价呢？

为什么那些生命中，对我那么好的人，都要纷纷离我而去呢？

我要怎么做，才能换回他们的生命呢？如果能重来，我替你们抵命去！

老天，如果你注定要我孤独一生，为什么还要让他们来，然后又把他们一个个地从我身边拉走？为什么这样对我？这不公平！

一夜长大

如果说“生命诚可贵”的话，那到底什么才比生命的价更高呢？

我的青春似乎就在石头离开我的时候结束了。

我，一夜之间，长大了。

那夜之前，我只为自己活着，一个人的世界只有自己活着，即使知道有人成为我白昼里的微光，但我从来不知道代价是什么。

那夜之后，我要为别人而活，既然这份代价如此沉重，有人愿意为我付出生命，我必须要走出自己的世界，让这个世界知道我的存在，知道我身边那些天使的存在。

我要唱歌，唱给全世界的人听，让我和我的天使们的故事尽人皆知，让他们知道我的青春是多少人付出代价换来的。

石头，你听到了吗？我心里的声音，你能听到吗？

以及那个我一直在乎的人，你会懂我的，没有你就没有现在的我，我要向全世界宣布——我爱你！

如愿地进入了大学校园，那是爸的学校、爸的系、爸的专业，循着爸的脚步，我开始走自己的路。

大学校园的生活显得更加自由，每个人都有了自己想要的生活，学习似乎已经成了陪衬，没有人会专心在这方面，有人顾着寻找自由，有人顾着寻找爱情，有人顾着追求梦想。

而我，就开始探寻自己的音乐之梦，钢琴买不起，总算凑足了钱买了一架电子琴，在大罗的指导下，开始疯狂地写歌，除了处女作《最简单的声音》，我又写了很多歌，开始制作demo，并上传到自己的QQ空间里向更广泛的范围发散着我的歌。慢慢地，我发现了很多和我一样志同道合的朋友，他们也喜欢音乐，也在试着自己写歌。

贺楠成了一个网上交流最多的音乐朋友，但我总觉得他的音乐显得过于浮躁、夸张，而有时候又觉得自己把这件事看得太重了。

“子涵，你的歌太像周杰伦了，有一个周杰伦就够了，不再需要第二个了。”有时候贺楠在空间里的留言，特别直接，让我心里很不舒服。

“我是在用我的命写歌，不管像不像周杰伦，那都是我的歌。”

“朋友，还是放轻松点吧！音乐不是生命的全部，不过是找点乐子！”

他的意见我不能苟同——好吧，每个人的态度不同，我的歌你可以喜欢，也可以不喜欢，这只是我最想表达的，与别人无关。

有时候，我也开始怀疑自己写歌的初衷，就会跑去问大罗：“大罗你告诉我，我这种表达方式，真的有问题吗？”

“做音乐首先就要坚持自己，然后才能从这条路上走出自己的风格。你要大胆做，做得越多越熟练，就越知道自己应该做出怎样的音乐。”大罗越来越觉得我就像是年少时的他自己，只不过为了生活所迫才没有坚持到底，但他不希望我走他自己的老路，半途而废。

有一天，我看到空间里有了一条奇怪的留言："很喜欢你的歌，每一首都听了很多遍，感觉你都是在为某个人写，在为她唱，谢谢你的声音。"她的注册名是"香樟树"，我就有了一种莫名的熟悉感。之后，她的每一条留言都会在最后写着"谢谢你的声音"，而我就会回复她"我会坚持到底，直到全世界都听到我的歌"。

一个未接来电显示在我的手机上，上面的名字是"天恩"。那一瞬间，我全身的血液都冲到了脑子里，有点晕，激动得无法言语，又遗憾没能接到这个重要的电话。我犹豫了一整天，还是忍不住打了过去，竟然是占线的声音。那几天，我开始不停地拨这个电话号码，前几天还是占线，终于有一天，电话里有了声音："对不起，你所拨打的号码是空号。"

天恩，你到底在哪里？为什么给了我音讯，又撤回了呢？

夜，微凉。月光如水，星空闪耀。

我不知不觉又来到那片树林，青鹿就在香樟树下等我，望眼欲穿的眼神盯着我。青鹿似乎又长大了一些，却瘦了很多，又沧桑又憔悴。

"我，等了你很久了，有一个世纪那么久。"青鹿居然开始对我讲了第一句话。

我张大了嘴，惊讶地看着它，"你，居然会说话？"

青鹿慢慢飘了起来，半空中，青鹿的身体开始裂开，每条裂缝都在发着光。

我伸手去抓青鹿，但够不到，开始恐慌：“你别走，求你别走，你可是我的命啊！”

“我不能陪着你了，我要走了。”青鹿已经裂成了一团闪亮的光，晃得我睁不开眼，“你长大了，我的使命完成了。”

我狠命地睁开眼睛，那团光已经走远，光影里，青鹿的影子竟然幻化成一个飘逸的女孩，她回头看着我，脸上绽放出最灿烂的笑容。

“天恩，是你吗？”我拼了命地大喊着。

那束光倏地不见了，香樟树也迅速地枯萎了……

“我要见天恩！”我打通了乐乐的电话。

“嗯，是时候了。”乐乐的声音坚定而决断，似乎等待着揭晓一切。

乐乐没了从前的泼辣劲儿，自从石头走了之后，她变成了另一个人，似乎是成长了，但也似乎是关闭了自己的快乐闸门。我给了乐乐一个深深的拥抱，在我身边的，也只有她一个人了。

“子涵，你还好吗？”我们久违了，乐乐有种想哭的感觉。

“我还好，你呢？”看到乐乐郁郁寡欢的样子，我不知道自己到底是好还是不好。

乐乐摇摇头，从前成绩不错的她因为石头的事而考砸了，只勉强考上了一个普通大学。我拍拍乐乐的肩膀，“我们都要好好的，无论如何，石头还在看着我们呢。”

乐乐脸上勉强露出了笑容，“嗯，我们都要好好的。一切，都会好起来的。”

“乐乐，你有天恩的消息吗？”我还是禁不住地问，“她应该给我的手机打过电话，但我没接到，我打回去是个空号……”

乐乐没有接我的话茬，默默从包里掏出一个厚厚的本子交给我：“这个，是天恩让我交给你的。”

“我想见她，她还好吗？”我不知道这个本子意味着什么，拿在手里沉甸甸的。

乐乐此时已经无法抑制情绪，泪水布满了整张脸，她望着天空很久，才强忍着说：“我想，她在天上应该挺好的。”

我被乐乐的这句话讲懵了：“天上？天恩怎么了？”

“天恩，她已经走了！”乐乐强忍着心痛，平静地讲出了这个事实。

天旋地转，天空一下暗了下来，暴风骤雨般压得我透不过气：“你是说，天恩死了？”我必须要再次确认这个惊雷般的消息。

“她不让我告诉你，一直都不让我告诉你！直到那天，她在恍惚时还是拨了你的手机，但还没等说话就走了……”乐乐悲痛欲绝，但还是尽量平静地说话。

天真的塌了。

“为什么？为什么？为什么？为什么？为什么？为什么？为什么？为什么？为什么？”我声嘶力竭地对着天空大喊，用尽了整个生命，“连最后一句话都没留给我，为什么？”

“二尖瓣狭窄导致心力衰竭，她家隔代遗传的病。我一直都想告诉你，但她让我发毒誓，只能在她死后才能告诉你真相。”乐乐也坐在地上，泪水在她脸上干了又湿，湿了又干。

我就那么望着塌下来的天，没有眼泪。直到天黑了，天又亮了。

“对全世界宣布爱你 / 我只想和你在一起 / 这颗心 没畏惧 太坚定 / 庆幸让我能够遇见你 / 就算全世界都否定 / 我也要跟你在一起 / 想牵手 想拥抱 想爱你 / 天崩地裂也要在一起……”

——《向全世界宣布爱你》by 孙子涵

向全世界宣布爱你

那是天恩留给我的日记本，里面每一篇都是关于我的。

简短而精辟，却字字刻骨铭心。

2004.5.10 晴

第一次被你的眼神感动了，有一种同病相怜的感觉。我相信，上天总有一个可怜我的机会，让我幸运地遇到你，我知道，这一切就是从那个眼神开始的，一发不可收拾。我知道你在掩饰什么，但我能从你的泪眼里看到我自己，我们都是活在一个人的世界的孤独患者。我感恩上天，遇到你是我的幸运。

2004.5.18 晴

为了我们的相遇，爸爸给我买的周杰伦的《范特西》，我第一时间就想送给你。他是我们共同的偶像，因为它，我不再是活在一个人的世界里。

放学的时候，看到你死命地把它抱在怀里，被一群人殴打。我为不能保护你而自责，却在那一刻看到你坚定的笑容，我第一次为了一个男生流泪，是因为太感动了吗?

2004.9.10 阴

你变了。看到你不再受欺负，第一次把愤怒的拳头打在那些欺负你的人的身上，我心里有一种说不出来的快感。但同时，那双叫人心痛的泪眼也消失不见了，我又觉得有些心慌。

面前这个眼神凶狠的男孩，还是那个和我同病相怜，需要被关心被呵护的你吗?我开始怀疑我自己。

2004.10.18 多云

看到你总是混在那些人之中，虽然你有了称王称霸的本事，但我还是会想起你那双泪眼，我知道你的内心是怎样的孤独，我又何尝不是呢?

那天在水房，真的没想到会遇到你，我知道你想跟我说话，看到你那欲言又止的样子我就知道，你还是那个曾经的你，内心天真、外表冷漠。我笑着走掉了，虽然我没有说一句话，不过还是等着你讲第一句要对我说的话，你会跟我说什么呢？我很期待。

2004.11.20 阴

我在人群中等待着你的出现。我知道你一直都在罗老师的合唱团里练唱歌，今天是合唱团重要的全校汇演，我期待你的歌声，那个期待了很久的你的歌声，虽然你的声音是在所有合唱团的里面，但我想，我肯定能马上分辨出哪个才是你的声音。

但是，等到最后都没有等到你的出现，我是多么期待你的声音，期待你焕然一新的出现呢。但你真让我太失望了，失望极了！

2004.11.23 晴

看到课桌上的那张曲谱，我就知道是你送来的。那一刻，我的天空放晴了。

虽然我并不知道那些五线谱能奏出怎样的声音，但我知道，那一定是你真心写出来的心声，最动听的声音。你心里住着的那个天真的小孩，会像这个曲谱一样真诚而强大、自强而不息。

2005.1.10 晴

我不知道你为什么要躲着我，是没勇气和我说话吗？

其实我和你一样，都是内心孤独的人，很多话在心里可以说很多遍，但就是不知道怎么讲出口，你说对吧？其实，我也是一样的。

那张字条我想了很久才写了下来，希望听到你的声音，我读不懂你的五线谱，如果你能用歌词唱给我听……但这又是怎样的一种奢望呢？

2005.2.2 雪

病情开始反复，糟糕的身体状况让我不得不在家自修。爸妈为了我的病开始四处奔波，我知道这个家族遗传的病加上我先天不足，并不能让我好好上学，这该死的病啊！

不过，这么多年了，我早就习惯了，我只要勇敢地面对这一切，就一定能好起来的。为了爸妈，我再疼也要对他们微笑，对这个世界微笑，而且我要笑得特别美特别好看，美美地面对所有人，当然，最想美美地笑给你看。

不知道你的歌词写得怎样了，好想听到你的声音啊。可是，我们是不是还有机会再见面呢？我这该死的身体啊！实在可恶！病魔你这个浑蛋，快给我滚远点！

2005.9.1 晴

说真的，从没想过我还有机会见到你。

就在你出现在我面前的那个瞬间，我真是惊讶得目瞪口呆，你怎么会，怎么可能出现在这所高中呢？我不知道你是花了多少功夫才知道我在这里，又花了多少功夫考到了这里。

这算是一种缘分，还是一种恩赐呢？老天，我不再埋怨你了，我今天真的谢谢你，谢谢你能让我再次见到他。

2005.9.22 小雨

看到你在人群中如狼一般的狠劲，说真的，我真是被吓傻了。

这还是我认识的那个泪眼男生吗？你已经不需要再被呵护，我承认你很强大，但这并不是我心中的你该有的样子。

2005.10.10 多云

我知道你变了，但我是怎么了，每次乐乐回来，为什么我都迫不及待地等她跟我说你的事情呢？她每次讲到你的样子都让我羡慕嫉妒恨。

我知道，我这样的人不配拥有那种感情。乐乐就是个可爱的大宝贝，如果她能替我让你开心，我也就安心了。

可是我还是嫉妒，嫉妒你送她的水晶球，嫉妒她能跟你在一起，跟你天天见面，还能说那么多的话。现在她什么都有了，我却什么都没有。

2005.10.25 多云

真的好开心，你居然会唱那么多周董的歌！能听你唱歌，我已经开心死了，而且你还说……

……你说你喜欢我，这是真的吗？真的吗？老天你别捉弄我啊！

我不敢相信，也真不知道怎么回答你。能被喜欢，这简直就是奢望！能被你喜欢，这是天方夜谭吗？

其实，我不知道，我对你到底是喜欢呢？还是一种感恩？

2005.11.1 晴

你为了我，付出了那么多。为我写歌，为我考高中，我何德何能才能让一个人为我彻底改变呢？

遇见你，你成了我生命中的第一道光；喜欢你，是我错误的决定。但已经太迟了，我知道这不是感动、不是感恩。我看到了我的心，我喜欢你，子涵。

2005.11.25 晴

梦中那么多次出现的香樟树竟然被你找到了，我知道，遇到你，就是我生命中的奇迹。

2005.12.1 阴

子涵、子涵、子涵、子涵……

你到底在哪里啊？你知道我有多担心，已经两天两夜没有你的消息。我找遍了你所有可能出现的地方，你都没在那里出现。

子涵，你就这么放弃我了吗？你究竟去了哪里呢？

我不管你是怎样的人，只有你在的时候，我才觉得我不是一个人，不再孤独！

没有你的世界，我就见不到阳光。

请你不要离开我，我恳求你！恳求你！

子涵，你快回来吧！

2005.12.24 晴

妈妈叫你“大不点”的时候，你不知道我有多开心，直接开出一朵花！

你知道吗？妈妈喜欢你，比我喜欢你更开心。

看着妈妈看你的眼神，我第一次感到了，这个世界上除了爸妈之外，你就是我最大的幸福。这一切都是你给我的，谢谢你。

2006.2.14 晴

我没想到我有一天可以这么被你抱着，我暖极了，这一刻我可是等太久了！

我不再是一个人了，我的世界里从此便有了一个可以真心保护我、心疼我的人。

其实，我感觉到你身体的变化，我是多么想把我的一切都给了你啊！我听到了你答应妈妈的话，但没想到你真的是说到做到啊！又好气又好笑。

我想我已经确定以及肯定地，爱上你了！

2006.3.14 阴

惨了！病情又恶化了，妈妈和医生的话我都听到了。我不害怕，但我最害怕的就是，失去你，我等了那么久才等到一个像父母一样真心疼我的人，为什么非要让我离开你？我不要！不要！

但医生的话还在耳边："顶多还有两年。"我偷看到妈妈的表情，也明白了一切。我知道我有时候莫名其妙地发脾气，但这真不是我故意的。子涵，请你原谅我！我无法控制我的情绪，我不想离开这个世界，不想离开爸妈，更不想离开你，我舍不得你。

为什么上天让我来到这个世界，又要我这么早就离开呢？我还没活够！

2006.5.5 多云

我就是个浑蛋！我无理取闹、歇斯底里！身边每个爱我的人和我爱的人都在被我无情地伤害！爸妈已经被我伤透了，可还是那么细心地照顾我。还有你，面对我那么多次的臭脾气还在无数次地迁就我，我简直坏透了！坏透了！坏透了！

分手吧？可我又怎么舍得离开你呢？我不要。

2006.6.1 大雨

我真的不相信我的耳朵！你总算唱了那首歌给我听，我已经等了一辈子那么长的时间了，我真的听到了这首为我写的歌，我真心地谢谢你。

但我想，我必须下狠心！这是最好的分手机会。趁着我还有理智，趁着我可以自己做决定，我必须离开你。虽然伤害你并不是出于我的真心，但我知道，只有离开你，才是对你最好的结果。

放开你的手的时候，我真想死了算了吧！死在你面前，会是一种怎样的幸福呢！不，我要是这样做就太浑蛋了！那对你来说，得多残忍啊！

2006.6.30 阴

没有你，可还是爱你。此刻你在干什么呢？

我只能从乐乐那里得到你的消息，但能让你振作起来才是我最想看到的最好结果。

我知道你肯定恨我，但我又何尝不恨我自己呢？我们一开始就是一个错误，我恨我不该认识你，不该送你《范特西》，不该答应和你在一起，更不该和你在一起又离开你，我恨我自己生了这个该死的病，我该死！该死！该死！

2006.7.14 大雨

没力气了！胸口闷得厉害。

子涵，我好想听你唱歌，看看你现在的样子。

嘴里好苦，写不下去了……

2006.8.1 晴

床上，望天。子涵，我想你。

2006.10.1 大风

我想忘掉你。

2006.12.31 晴

我希望你，忘掉我。

2007.2.14 晴

子涵。（字迹已经开始变形）

2007.3.17 晴

涵。

2007.6.6 阴

高考，加油。

2007.8.29 晴

V

2007.9.10 晴

突然有了力气，我找到你的QQ空间，仔细地听了你的每一首歌，好开心。

你在大学还好吗？那是我一直向往的生活，可惜我不能陪在你身边，真为你高兴。

让乐乐帮忙给你留言了，谢谢你。

我，就是香樟树。（字迹已经相当扭曲，每个字都很努力在写）

2007.10.20 晴

涵，天上见。

和天恩的每一个点点滴滴，此刻，都像是电影片段，在我眼前，历历在目。

脸上的泪水，如雨水，断断续续地流了一整天，我知道，这如雨的泪水，在帮我清洗我的内疚，此刻的我，内心竟然如此清澈透明。

从今以后，我不再是一个人了，因为在我的世界里，有你，有你陪在我的身边，无时无刻不在我身边陪着我。

> 在躲过雨的香樟树下等你 / 在天桥上的转角擦肩而遇 / 制造每个邂逅的缘分累积 / 终于可以牵你的手 保护你 / 有你的地方就格外地清新 / 想着你我的嘴角都会扬起 / 倾城的轮廓 沾满我的憧憬 / 天空都变透明 听到你的亲口允许 / 对全世界宣布爱你 / 我只想和你在一起 / 这颗心 没畏惧 太坚定 / 庆幸让我能够遇见你 / 就算全世界都否定 / 我也要跟你在一起 / 想牵手 想拥抱 想爱你 / 天崩地裂也要在一起
>
> ——《全世界宣布爱你》by 孙子涵

竟然不知不觉地走到了天恩家，我要去看看玉环妈妈，对我也算是一种安慰，还有，我也要安慰这个心心念念的“好妈妈”。

那个再熟悉不过的家门和门铃，有点久违的亲切感。我在门外踌躇了好一会儿，最终，我还是按响了门铃，想着迎面而来的玉环妈妈应该是怎样的表情呢？是微笑，还是一面强颜着欢笑呢？那双温柔的大手，会不会摸着我的头，叫我“大不点”呢？

门“吱——”的一声打开了，是一张布满疑惑表情的陌生的脸，那不是玉环妈妈，“小伙子，你找谁？”

“请问，韩天恩是不是住在这里？”我仔细确认了门牌号，没错的，就是这里，这个我曾经当作自己家的天恩的家。

“这里，没这个人。”

“那蒋玉环阿姨是不是在这里住？还有韩叔？”我在脑子里寻找各种线索给这个陌生的阿姨。

“你问老韩啊？他们一家移民了，全家都去了美国。”阿姨的疑惑警报解除了。

“那请问您，他们有没有留电话给您呢？”

“还真没有。他们走得特别匆忙，闺女一去世，就把房子卖给我了。唉，老韩和玉环姐也够惨的，白发人送黑发人啊！这么好的人家怎么会遭这罪啊？你是找他家闺女吧，那么漂亮的一个小姑娘就那么走了，真是可怜……”阿姨都跟着慨叹人生无常。

我给阿姨留了电话号码：“麻烦您，如果他们联系您的话，请您让他们打这个号码找我。谢谢您，阿姨再见。”

在陌生人的嘴里，别人的生死离别总显得那么轻描淡写，袖手旁观也只能唏嘘无常。但是，对于我来说，每一个和我生命息息相关的人一个个真实地离我而去，消失得无影无踪。面对离别与死亡，他们已经成了我的老朋友，就默默地站在我对面的黑暗里，但我要对他们说：“希望你们再也不要来，再见，再也不见！”

我又去了那片树林，香樟树在那里等着我，没了青鹿的守候，没了天使天恩的注视，一切都很真实，安静得可怕。但即使可怕，我也要一个人勇敢地去面对。

一个人的青春，到底要多少人付出代价呢？

以前，我总以为，我来人世这一遭，是个超级大错误。

但现在，就在此刻，我一下子明白了，我这一趟来得特别值得，因为与他们的相遇,就是我生命最大的幸运和财富。谢谢你,老天爷!我感激你让我遇到了这些人,他们就是你对我最大的恩典。

我要大声唱歌,唱给每一个爱我的人听,让全世界都知道,我在为他们唱歌,我爱你们,永远爱!芭娜奶奶、皮耶尔大家伙,我会记得你们对我的照顾和启蒙,这辈子我都会永远记得;石头,我会永远守着我们的兄弟情,直到海枯石烂;还有你,天恩,我们会在天上见面的,到时候,我会牵着你的手,永远都不再放开!你等我。

我冲着天空大声呐喊:“韩天恩,我爱你!天恩,我爱你!我爱你!”

有一道彩虹

从没想过我的歌可以被唱片公司相中,直到发现贺楠推出了包装好的单曲,我也开始蠢蠢欲动了。我找了一家录音棚,把自己编好的歌认真地录了几首,然后找到贺楠。

“我想出单曲,你能帮我吗?”从来没求过人,但这次,我还是主动开了口。

“可不是所有人都有机会，我可以帮你试试，但成不成我可不敢说。”

已经一个多月了，几乎石沉大海。我每一天都在看着手机、QQ、博客各种可以得到贺楠消息的地方，都没有得到任何回复。我知道这件事有多难，但还是不能放弃。于是，开始各处奔走找门路，但总是事与愿违，不是说条条大路通罗马吗？为什么每条路都被堵死了呢？

几乎无望的时候，贺楠打来电话：“子涵，有好消息啦！我的那个唱片公司老板说，可以见面跟你聊聊。”

“真的吗？太好了，谢谢你！”瞬间，我觉得有了希望。

唱片公司老板姓李，看上去并不像皮耶尔大家伙那么亲切，也没有大罗那种音乐气质，十足的商人架势。

“小伙子挺有才啊！”一上来的恭维让我有点不自在。

“李老板，您觉得我能出单曲吗？”我不想拐弯抹角。

“哎，别叫老板，叫老师吧，现在都流行这么叫不是？哈哈。”

叫老师？我皱皱眉，对这个特别反感的称谓实在有点难以叫得出口，“嗯，李老师，您觉得我的歌怎么样？”

“你的 demo 我听过了，旋律都不错，但是编曲太简单了，也过于生涩，歌词也显得太嫩了，不过我觉得你的歌还是有点潜质。”

“谢谢！那……”我的心已经提到嗓子眼了。

“别急，等我说完。我觉得吧，你的嗓音有点问题，太大众化，辨识度不太高，模仿痕迹也太重，有时候还经常用力过猛。我想和你商量……”李老板的转折让我不知道怎么面对。

“您说，我需要怎么改进，我都可以改。”我急于求成的心非常显而易见。

“倒不是这个问题。新人嘛，谁都想赶紧红起来，但你知道，这都需要一个长时间的过程。”李老板顿了顿，“所以，我想让你把你的歌卖给我，给公司别的歌手唱，你可以给我继续写歌，经过一段时间的训练，咱们再从长计议。”

“这个？”我不太明白他的这套伎俩。

“如果你愿意的话，我们先签个约，作为我们公司的幕后力量。”

“那您打算让谁唱我的歌啊？”我有点犹豫。

“你认识，就是介绍你来的那个贺楠，他现在已经小有名气了，让他唱你的歌，肯定能更红，你也会跟着红起来……”

我突然有种被骗的感觉，不想再听李老板的话。我默默站起来：“李老师，如果不能自己唱我自己写的歌，那我可能做不到。”

“小伙子别太固执，这样做对你也是一条捷径。”李老板还在千方百计地游说我。

“李老师，谢谢您，我需要一段时间的考虑，请您给我点时间。”

“好，一周时间，我等你的消息。”李老板脸上堆满了笑容，但在我眼中却是虚情假意。

我走出唱片公司的那一刻，觉得天空灰蒙蒙的，就快下雨了。

周董的演唱会上，我撕心裂肺地跟着唱，自顾自地挥舞着双臂。

看着追光灯照耀下的唯一的偶像，我无法抑制自己的情绪，这是我第一次这么近距离地看着周董，天恩曾经对我说：“如果有一天，能和你看一场周董的演唱会，那我这辈子也就无怨无悔了。”

天恩，你在吗？你听到他的歌声了吗？如果你在我身边，我们此刻就都无怨无悔了。

场内所有观众都在大喊着周杰伦的名字，我也泪流满面地跟着喊：“周杰伦，我发誓，总有一天，我就是台上的你！”

手机响了，是李老板打来的电话，我犹豫了一分钟，电话还是不停在响。但最终，我按下了挂断的按键。

刚下过雨，我站在石头的墓前：“石头，我来看你了。”

一只小鸟飞来落在石头的墓碑上，我出神地看着小鸟。

“石头，你告诉我，我还有没有希望？”小鸟对着我咕咕地叫了一声，歪着头看着我，伸手想去摸摸小鸟，小鸟飞走了，它飞上了天空。

天空出现了一道彩虹，那个，就是希望吗？

我是在笑吗？我听到了笑声。

我的身上背负着太多人为我付出的代价，我在用我的生命写歌，这不是我自己一个人的愿望，那么多双眼睛期待着我的成功，我不能辜负他们对我的期望。

我相信总有一天，我的歌和我的歌声会布满大街小巷，让所有人都能听懂我的心声。

趁着大一的暑假，我第二次来到北京。

爸打了我一耳光：“学音乐？没出息！”我毅然走出家门。

没有任何人的支持，我艰难地在北京待了一个星期。去了音乐学院当旁听生，从最基本的乐理知识开始学起，从最基本的练习开始学习发声；身上带着的钱所剩无几了，就躲在二十四小时营业的麦当劳过夜……

任何艰苦的经历我都尝过，但心里有个坚定信念，就不会觉得任何艰苦是苦。我总觉得有一道彩虹正在某处等着我的出现，我也在寻找生命中的这道彩虹。

但，一切都是无望的。

就在我带着失望坐上回家的火车的时候，手机响了起来。

“请问是孙子涵吗？”

“请问您是？”

“我是江超，前两天听到你的 demo，想约你见一面。”

这是那道我一直要等待的微光吗？

我飞快地跳下了火车，奔到了约见的咖啡厅。

“江老师，”我还是硬着头皮叫了声老师，“我是孙子涵。”

江老师不像李老板那么充满商人的感觉，他身上有种悦动的旋律，有着皮耶尔的可亲和大罗的微笑，一下子我就轻松了很多。

“你的 demo 我听了很多遍，觉得你很有潜质。你写的歌让我感觉到有一种生命的活力，是种坚持到底不认输的味道……”江老师的语气缓和温暖，却充满了力量，我已经很久没有这样的感觉了。

我们谈了很久，整个咖啡厅都充满了和谐的气息。

最后，我还是怯生生地问：“老师，我可以自己唱我写的歌吗？”

“当然啦，我们简单快乐唱片公司就是一直都在打造可以坚持原创的歌手。”江老师的话让我的心里踏实了下来。

嗯，这就是我的那道微光，那道一直等着我出现的彩虹，一道“简单快乐”的彩虹。

我至诚至恳地深深地向江老师鞠了一躬。

公路尽头，青鹿凝神注视着天边的那道彩虹，那幅画面美得惊心动魄。

后记：这孤独世界，幸好有你

有人说生命是有轮回的，这个谁也无法论证。但我很确定，生活是轮回的，它一直保持着螺旋式的上升。

十九岁那年 ，也就是这本书讲到结尾的时候，因为经历了许多深刻又感动的时刻，以为已经活明白了，以为从此会勇敢地面对生活中的种种。

其实不然。

我依然会有很孤独的时刻，有时甚至比青春时，更变本加厉。很多事情，好的坏的，换拨人和环境，重新上演，自己也在其中重新经历着喜怒哀乐。在学校里的争强斗胜，和舞台上的明争暗斗没什么不一样，工作中遇到一些不存善意的人和事，和学校里的那些坏老师和混混没什么不一样。

这一切，都少不了，也是生活的一部分。不一样的是，不再带着恨和麻木去生活。

因为与此同时，遇见了更多爱着我的人，收获更多的感动，更看懂了幸福和爱的转瞬即逝，也有了珍惜的力量。

于是我在舞台上渐渐找到了属于自己的光芒，就像当初在拳击台上一样。开始在镜头前很自信地微笑，就像经历初恋一样。敢更加大胆地去享受生活的美好，就像刚刚大学毕业的时候一样。然而接下来会发生什么，我不知道，总之不会一帆风顺，但也不会差到哪儿去。

因为最差的，不过是孤独。但我们已经彼此拥有，我才能笑得这么大胆。记得刚刚出道的时候，曾写过一句歌词：我的人生无论成败，都会更加精彩。这句话再次送给你们。

或许三十岁的时候，我会将这十年的故事再说出来给你们听，相信它会更精彩。希望当你再一次看到我在舞台上骄傲地笑的时候，你会懂得，那是笑给你看的。

不管生活下一步给你什么味道的巧克力豆，答应我，从此我们共同品尝。

这孤独世界，幸好有你！

突然知道自己的兄弟要出书了，有点惊讶，也替他开心。当时他说要去北京做歌手，一开始我们和他身边的人都极力反对，没想到他真的“闯”出了名堂。小的时候我们互相不服，但长大后，我们几个兄弟因为不想比他差都很努力地打拼着，现在混得不错。过年回来经常一起喝点小酒。说说年轻时候的事儿。最开心的是兄弟情谊没有变，还是和小时候一样直率。每次看他发专辑，都希望他走得更远。子涵，我们这些兄弟会一直在背后支持你的！

——李飞（发小，死党，现在是家装包工头）

看了这本小说，像看了一部精彩绝伦的校园电影似的。哈哈，没想到他真能写出一本书。平常总是开玩笑，说兄弟里面最会耍滑的就是他，总是逃酒装醉，但他一直是我们的榜样。这本书真的感动了我，让我想起很多小时候的事情。发现我们还真的一起经历了不少事情。刚高中毕业那会儿我在家里待了一年，他每次回来都说我自甘堕落，慢慢我也开始和他一起努力，就像当时一起考高中一样。现在我成为一名民警。希望这本书可以感动很多人。

——王晨（发小，初中同学）

记得以前因为抢宿舍洗澡热水，和篮球队干起来了。我和子涵两个，打他们四个，也没吃亏。想想那时候特别开心，过得很充实。现在大家都各奔东西，有自己的工作了，最近一次见子涵是在沈阳，在他的歌友会上。我去后，那时候我哭了。我的兄弟靠自己的打拼，走到今天，想想都挺为他骄傲的，但我都快认不出来他了，以前他没这么帅，一身肉，还扛打。哈哈！孙子涵，我希望你大红大紫 ，然后可以当你保镖队队长 ，加油！

——王龙（沈阳散打队队友，现为一名职业保镖）

这本书写得不错，特别是看到故事女主角（天恩）的日记本的时候，很感动。那本日记最开始是在我手里的。那是我陪她在文具店挑的。当时在文具店有卖专门记录小情侣日记的那种像存折的小本子。我看过里面的内容，比小说里写得还要让人心疼。突然觉得那时候的我们更知道什么是感情。这几年看着子涵越来越好，我比谁都开心。跟我妹妹说孙子涵是我同学，妹妹总是跟我要签名。他能把自己的故事写成书，让我很佩服。希望你越来越好。

——天恩的发小

图书在版编目（CIP）数据

这孤独世界，幸好有你 / 孙子涵著. — 北京：文化发展出版社有限公司，2016.4
ISBN 978-7-5142-1083-5

Ⅰ. ①这… Ⅱ. ①孙… Ⅲ. ①故事—作品集—中国—当代 Ⅳ. ① I247.8

中国版本图书馆 CIP 数据核字（2016）第 064610 号

这孤独世界，幸好有你
作 者：孙子涵

责任编辑：肖润征
产品经理：易涵辰
监　　制：白　丁
出版发行：文化发展出版社有限公司
网 址：www.pprint.cn
经 销：各地新华书店
印 刷：北京市雅迪彩色印刷有限公司

开 本：880mm × 1270mm　1/32
字 数：250 千字
印 张：10
版 次：2016 年 7 月第 1 版　印 次：2016 年 7 月第 1 次印刷
定 价：39.80 元
ISBN：978-7-5142-1083-5